国际儿童文学奖

月桂精灵

［美］雷切尔·菲尔德 / 著　　闫丹 / 译

哈尔滨出版社
HARBIN PUBLISHING HOUSE

图书在版编目（CIP）数据

月桂精灵 /（美）雷切尔·菲尔德著；闫丹译. —
哈尔滨：哈尔滨出版社，2018.3 （2022.6重印）
（国际儿童文学奖）
ISBN 978-7-5484-3481-8

Ⅰ.①月… Ⅱ.①雷… ②闫… Ⅲ.①儿童小说 - 长
篇小说 - 美国 - 现代 Ⅳ.①I712.84

中国版本图书馆CIP数据核字（2017）第144167号

书　　名：**月桂精灵**
　　　　　YUEGUI JINGLING
————————————————————————————
作　　者：［美］雷切尔·菲尔德　著
译　　者：闫　丹
责任编辑：赵　晶　尉晓敏
封面设计：智慧树
————————————————————————————
出版发行：哈尔滨出版社（Harbin Publishing House）
社　　址：哈尔滨市香坊区泰山路82-9号　　邮编：150090
经　　销：全国新华书店
印　　刷：湖北鄂南新华印刷包装股份有限公司
网　　址：www.hrbcbs.com
E-mail：hrbcbs@yeah.net
编辑版权热线：（0451）87900271　87900272
销售热线：（0451）87900202　87900203
————————————————————————————
开　　本：880mm×1230mm　　1/32　　印张：6.75　　字数：130千字
版　　次：2018年3月第1版
印　　次：2022年6月第4次印刷
书　　号：ISBN 978-7-5484-3481-8
定　　价：29.80元
————————————————————————————
凡购本社图书发现印装错误，请与本社印制部联系调换。
服务热线：（0451）87900279

前　言

　　《月桂精灵》这本书曾经荣获了纽伯瑞儿童文学奖银奖，一经出版，便受到了读者们的大力追捧，是一部每个人都应该知道的励志经典。该部经典之作的作者——雷切尔·菲尔德的其他作品也同样获得了读者的一致好评，并且获奖无数。例如《木头娃娃的百年旅行》于1930年获得了纽伯瑞儿童文学奖金奖，《孩子的祈祷》则获得了凯迪克奖金奖。除此之外，她还获得过一次美国国家图书奖、两次刘易斯·卡洛尔书架奖，可以说，作者是一位在儿童文学方面造诣颇深的大作家。

　　《月桂精灵》讲述的是一个关于勇气、理解以及坚韧的感人故事，主人公玛格丽特·勒杜出生于法国的一个温文尔雅的家庭，可是却在新大陆沦为一个拓荒者家庭的用人。巨大的落差，让她感到很伤心，然而她却从来没有奢望自己能得到别人的同情。她缄默不语，让先前的自己与女佣的身份——麦琪保持距离。她真诚地对待每一个人，在孩子们的爱和信赖中寻求慰藉。她就像那在崎岖的海岸边的石头缝隙中生长出来的山月桂一样，坚强又充满着生命力。那首歌唱山月桂的民谣与她的法国歌曲一同被她珍藏在心中，成为无价之宝。

　　作者通过其丰富的想象力与卓越的文学素养，以一年的四

1

季为主线进行描述,为读者塑造了一个坚强的主人公的形象。在新大陆,玛格丽特·勒杜最亲爱的皮尔斯叔叔在船上染上疾病而去世。在此之后,她的奶奶因为心力交瘁,已不堪重负,没过多久,便离开了人世,只留下她一个人在这个世界上。其旨在告诉读者:人生总是变幻莫测的,不管在生活中经历了什么不愉快的事情,人们都要学会坚强地去面对,以一颗真心示人,总会得到应有的回报。

所以,小读者们,还在等什么,赶快打开你们面前的这本故事书,一起来感受一下主人公玛格丽特·勒杜所经历的一切吧!

目　录

第一季　夏

1743 年 6 月，阳光明媚，西南方向清风徐来，湛蓝的海面上荡起了层层涟漪。

玛格丽特·勒杜蹲在"伊丽莎白号"低矮的船栏旁，她最后望了一眼马布尔黑德，然后又将目光移向船尾。"伊丽莎白号"船长和主人艾莫斯·哈特正在舵柄那里很卖力地拉着绳索，这样才能让货物绑得更牢，乔尔·萨金特和他的弟弟艾拉也在一旁帮忙。而此时在另一边，乔尔的妻子多莉·萨金特坐在一只旧木箱上正出神地望着大海。她身旁有四个孩子围绕着，还有一个孩子坐在她膝盖上。她不顾迎面而来的刺眼光亮，目光一直紧盯着海面直至他们再也看不到那熟悉的海峡。玛格丽特看到多莉身上穿着一件朴素并且有些臃肿的棕裙，头上戴顶勺子一般的小软帽，乍一看她俨然是一只刚出窝的母鸡。但作为一名女佣，玛格丽特始终没有对她说什么，她深知当面对女主人的衣着评头论足是极其不合适的。

"麦琪！麦琪！"多莉站在那边朝她招手并喊道。这时玛格丽特猛地站起身，猛然意识到"麦琪"已经成了自己的名字了。

"这有好大一堆毛线需要重新缠绕，你得好好打理打理。"多莉想了想，又接着说，"哪怕我们要去一个完全未知的地方，也不能这样白白挥霍了早晨的大好时光啊。"

然后，她的目光再次看向越来越低的海岸线，轻轻地叹了口气。行驶的船离海岸线越来越远，眼前只看得到一片迷蒙的蓝色。

玛格丽特取到毛线后又回到了船中央，她首先在几十个大木桶中挑到一个较小的木桶，然后便坐下来开始缠毛线。她的手指仿佛是棕色的细树枝，游刃有余地在厚重的蓝色毛线间灵巧地穿梭。头顶的太阳升得更高了，她似乎怕帽子被风吹走，随即把小软帽推到了脖子后面，又系紧了帽子的绳子。

突然之间，一个黄头发的男孩兴高采烈地跑过来，扯了扯玛格丽特油亮的黑辫子，又搞怪地朝她扮了个鬼脸。

"嘿！法国妞！"他朝她嚷道，"我看还没等船进港时，你就要被晒成印第安人啦。"

玛格丽特对他却不予理睬，只是更卖力地缠着毛线。其实当这个男孩靠近时，她感到一种莫名的恐惧。这个男孩名叫迦勒·萨金特，今年十三岁，他足足比玛格丽特高出一个半头，但其实他只比下次过生日的她大几个月。他那狡黠的蓝眼睛和爱嘲笑人的嘴巴总令玛格丽特感到一阵寒意，他在表达着对女性的轻蔑嘲讽，而且说不定他和他同父异母的兄弟姐妹们也合不来，玛格丽特这样想。他是乔尔·萨金特第一任妻子所生的孩子，而他的生母在几年之前便已经去世了。今天早晨，他感到特别快活和骄傲，不仅是因为艾拉叔叔给了他一条淡黄色马裤（虽然裤子的尺码对他来说有些大），更是因为他要开始掌管家中的牲畜了——母鸡、小鸡、母牛和牛犊，还有四头在船前咩咩叫着的山羊。他用几块旧木板给它们搭了个临时围栏，然后掏出一根从父亲那里讨来的绳子，顺着绳子爬回了简陋的棚子。

哈特船长有点怀疑地注视着他，无可奈何地摇了摇头。

这一路上他都在不停地抱怨着："带着这么多又累赘又重的行李，我们怎么赶路啊？当初可没有人告诉我要带这么多牲畜和小东西。"

"别再抱怨了，"乔尔训斥道，"当初我可是给你足够的银币了，你要是做不好该做的事，就得一先令不少地给我还回来。"

船长回嘴道："我可是一个讲究信用的人，但实不相瞒，这船吃水太深，货物可装得不好啊。"然后两人便你一言我一语地吵了起来，还吵到了装载舱口盖和座舱里的货物转移问题。

玛格丽特突然觉得很奇怪，因为她看到搅拌器、家用纺车和长椅，及大大小小的箱子全都绑在横栏上，而两床拼布床单和羽毛褥垫铺在陈旧的长木椅上。凭着舱口射进来的阳光，她认出床单上面是多莉夫人向来珍惜的色彩斑斓的"莎伦玫瑰"和"带翅膀的星星"等熟悉样式，可是如今多莉却几乎挤不出时间来做这些手工针线活了。"伊丽莎白号"迎着风在大海上扬帆远行，风帆被疾风吹得鼓鼓囊囊的。但帆布上有几处醒目的补丁，还有一块像闪电划过所留下的痕迹的锯齿状补丁。远远望上去，"伊丽莎白号"极其庞大、坚固，它比一般的渔船更厚重些，船头重重地起伏着，拍打着蔚蓝色的海水。就是在这个由坚固的木头、破旧的帆布和绳索搭建起来的空间内，带着全部家当的十一个人要共度至少五天的漫长日夜。这听起来似乎很匪夷所思，然而更令人难以置信的是玛格丽特在过去一年里所经历和遭遇的故事。

她坐在船上一边缠着毛线，一边思索着她到底为何会身处此地，登上一艘笨重的大木船，听命于一个陌生的家庭，开始了一段全然未知的旅程。突然她回想起了数月前的那一天，也是这样晴朗明媚的天气，天空高远湛蓝，她正和皮尔斯叔叔还有奶奶站在新殖民地上，奶奶满怀悲伤地最后回望了一眼法国，泪水纵横。可皮尔斯叔叔心情却很好，他满怀希冀地欢笑着畅想未来的许多事情——他们以后要居住在一个以路易国王命名的地方，那里阳光温暖、气候宜人、土地平旷、房屋整齐，住在那儿的人们都说法语，那感觉仿佛还是和身处法国一样，似乎从未离开过。而他不仅可以靠在街头拉小提琴赚钱，还能去教富园主家孩子新的舞步。这样的话他会深受大家欢迎和敬重的，说不定还能一举成名，变成世界级法国舞蹈大师呢！想到这里，他已经抑制不住嘴角的笑意，胸有成竹地高高仰起头，得意扬扬地翘高自己的脚趾，全然没有注意到脚下颠簸不定的船和一片狼藉的甲板。

奶奶原本正沉浸于悲伤中，但一想到皮尔斯会在这个小法国大有一番作为，出人头地，还能把失去双亲的玛格丽特抚养成人，给她一个温暖舒适的家，这位老人瞬间感到备受安慰，于是脸上便洋溢起了笑容。那段旅程是一段极其艰难的漫漫岁月，他们不仅遭受着风雨烈日的侵袭，还有狂风海雾的打击，更不用提每天饥肠辘辘、困顿流离的生活了，但他们似乎都不那么在乎，他们都鼓足勇气，坚强地挺过来了。因为每当一想到未来那些充满着希望的计划，他们就感到十分振奋。那时候如果哪天夜晚清风徐徐，月色如水，夜空中繁星点点，皮尔斯叔叔就会拿出他心爱的小提琴，在朦胧月光下演奏出美妙悠扬的乐曲。他懂得许多自古流传的乐曲，甚至连那些乐谱韵律和字句歌词都熟稔于心。此时，玛格丽特常常会陪伴在他膝旁，静静地坐在缝着补丁的船帆的月色投影里，时不时还能哼唱出几句皮尔斯叔叔教过她的儿时歌曲。可是如今，皮尔斯叔叔却消失在她的生命里，再也不会回来了。他再也不会在月下熟练地拉着琴弦，演奏那柔情百转的乐曲了，他再也不会得意地翘起他那藏在瘦长皮鞋里的大脚趾了。

这一切都发生得太过迅速，就像一道迅疾的闪电般划过人心，让大家都猝不及防，无法接受。就在航船即将要靠岸的时候，有一个水手突然得病了。这个不幸的消息很快就传遍了整个船舱。那真是一段令人惊悸的日子，那时人们都不敢看彼此的眼睛，每个人都忧心忡忡地挨着日子，谁都怕染上这种病。可出人意料的是，噩耗最终还是传来了——皮尔斯叔叔不幸染上了这种病。玛格丽特至今都不愿回忆那段黑色的日子，皮尔斯叔叔静静地躺在病床上，任何人都不准靠近他身旁。他身边只剩下两个满脸伤疤的年迈水手在极力救助他，可最终还是无济于事，死神无情地夺走了皮尔斯叔叔的生命。当皮尔斯叔叔被葬在大海里时，玛格丽特和奶奶悲伤而肃穆地跪在甲板上，虔诚地诵经祷告，用尽了她们所能想到的一切词语来哀悼祈福。后来，船长安排她们两个在最近的港口下船，虽然这并不是她们真正想去的地方。可是船长已下令彻底隔离那些患病的船员，大肆清扫他们住过的船舱。最终，玛格丽特和奶奶的家当几乎所剩无几，除了她们平日要穿的衣衫外，就只有一个装着几枚硬币的钱袋了。而皮尔斯叔叔的尸骨被葬于大海，随之而去的还有他钟爱半生的小提琴。

当她们最终抵达马布尔黑德港的时候，并没有受到任何人的礼遇和欢迎。连她们曾以为到处充斥着法国腔的地方也是一片陌生。这时奶奶早已心力交瘁、身心俱疲了，恐怕再也没法一路辛苦跋涉到那个以路易国王命名的遥远地方了。她们身上几乎没有钱财，一路上风餐露宿，居无定所。她们投奔到了一个名叫"贫民农场"的地方，和一群同病相怜的人住在一起。可是奶奶已经不能顾及那么多了，她已经虚弱地瘫痪在床上，常常连续好几天都幻想着她又回到了法国，那片她挚爱的、常常令她热泪盈眶的故土。每当幻想这些时，奶奶的脸上总会情不自禁地绽放出笑容，一时兴起还会再哼上几句皮尔斯叔叔过去常唱的歌。要是她年老记性不好忘了歌词也不打紧，因为这时在旁边做着针线活的玛格丽特往往会加入她，同她一块哼唱那些过去的歌谣。作为一个刚满十二岁的小姑娘，玛格丽特的针线活做得可谓是炉火纯青了。那些针线活手法都是勒阿弗尔修道院的修女传授给她的，她也开始去教别人如何做出精巧别致的花环和扇贝图案，这不禁让贫民农场的所有女人都对她赞赏有加。这些知恩图报的女人不仅会帮忙照顾奶奶，还会帮她学习当地的语言。功夫不负有心人，这似乎也没看上去那么难学，不过偶尔听到玛格丽特发出某些奇怪的词语时，她们还是会忍俊不禁。比如每当她说"迦勒"时，人们通常会拿她发起来滑稽的"r"音开玩笑，还说她永远发不出"h"音。

一想到迦勒，她立刻朝前看了看，直到望见他乱糟糟的橘色头发还在鸡窝里扑腾，才松了一口气。其他人也都在各谋其事，纷纷忙碌着。玛格丽特趁没人时悄悄从她布料粗糙的亚麻灰裙子前襟上拉出一根绳子，上面系着两个小物件，一个是奶奶生前常戴的那枚朴素的金戒指，另一个是皮尔斯叔叔最心爱的蓝色外套上的一枚镀金纽扣——是她后来在甲板的木板缝隙间偶然捡到的。她常常在想，这两个小物件都留了下来，而奶奶和皮尔斯叔叔却不在了，世事如此无常，物是人非，这些可能是她所有幸拥有的，关乎她过去的最后两样东西了，她将它们视若珍宝。

当奶奶去世后，人们都待她温和友善，他们也提醒玛格丽特以后的日子注定不同了。在这个神秘而广阔的世界上，一个女孩子只会缝纫、绣花、载歌载舞是远远不够的。

这个崭新而陌生的世界似乎对一个十二岁的小女孩的要求会更多，比如她必须要自食其力。最初听到这样的教导和提醒时，玛格丽特的大脑一片空白，充满了恐惧。直到有一天，周围的人试图向她解释，她必须要成为一名"契约女佣"了。身边有权势的人纷纷为她开始寻找愿意雇用她的雇主和家庭。甚至曾经有好几个女人怀此意图来探望过她，但是碍于她法国人的身份，便毫不犹豫地转身离开了。

一个女人议论道："我可不想在家里收养一个轻浮的法国妞儿！"

"乔治国王现在正和法国打仗呢，我并不想和敌人扯上任何关系。"另一个女人这样说。

不过乔尔·萨金特和多莉并不介怀这些："我们只是想找一个机灵勤快的女孩来帮我们干活，谁管她家在哪，是哪国人呢。"

于是他们开始起草契约，直到签署姓名。玛格丽特就静静地坐在一旁注视着这一切。她丝毫看不懂契约书上长长短短的奇怪语句，也并不知道这份契约对她来说意味着什么。契约上白纸黑字，清清楚楚：从即日起，直至她十八岁，这漫长而珍贵的六年里，她都要时时刻刻服务于萨金特家，为他们服务劳作，来换取口食之供、栖息之地。

她迅速地拉起绳子，将那两件宝贝妥善保管，并收拢起裸露的双脚，开始更加勤快卖力地缠着毛线。

当时还是阳春三月，如今已是六月的季节了。马布尔黑德永远地留在了她身后，同那个玛格丽特·勒杜的名字一起消失在了她的世界里。现在，她被人们唤作"麦琪"，她只是萨金特家买来的女佣，一个头顶着棉布太阳帽，身穿灰色亚麻衣的女佣。

"麦琪，快过来！好好照看这群小不点儿，我去给男人们做点吃的，他们一直在那里吵吵嚷嚷，肚子肯定饿坏了。"这时女主人突然召唤她。

玛格丽特闻声立即起身，小心翼翼地接过婴儿。这时其他几个孩子也都纷纷凑了过来。他们都长着壮硕的身子、白皙的肤色，这和她修长的身材、深深的肤色形成了鲜明的对比。苏珊和贝基两个人今年刚好六岁，她们是一对双胞胎。两个小家伙都长着胖嘟嘟的身子，宝石般晶莹剔透的蓝眼睛，黄色的长发绑着两条硬硬的辫子，她们俩简直像是一个模子里刻出来的！她们还都常常戴着太阳帽，穿着短袖低领的亚麻裙子，腰间特意留出的小褶皱让她们的脚踝都露了出来。除了这对双胞胎，喜欢围绕在她身旁的孩子还有三岁的雅各布、四岁的芭迪。他们长着一头羊毛般的卷卷的白色秀发，却被剪得很短，并且贴着头皮。这两个小不点也是长得像极了，要不是雅各布平日里爱穿短裤，还有他脸上有两个小酒窝，人们恐怕也会把他们俩当成双胞胎呢。而躺在玛格丽特怀里的那个小女婴叫作黛伯拉，人们也喜欢叫她黛比。这个小婴孩虽然才八个月大，却长得可爱极了。她的小帽子遮住了她毛茸茸的浅色秀发和灵动漂亮的蓝色眼睛，还有那像苹果般红扑扑的小圆脸蛋。

孩子的妈妈站在船舱里朝玛格丽特喊道："千万要注意，别让她晒到太阳啦！这天气闷热，小孩子很容易长痱子，一定要小心，在船上发烧可不行。"

"好的，太太。"玛格丽特遵循着别人的教导很正式地回答道。她赶紧弯起胳膊，严严实实地遮住了小黛比的脸。

这时一旁的贝基又开始抱怨起来："这地板真是烫死人啦！我的脚都要被灼伤了。"她一会儿用左脚单脚站着，一会儿又用另一只脚站着。

"你要是把裙子展开来，再把腿盘起来坐，就不会觉得很烫啦。"玛格丽特贴心地提醒着她。

很快玛格丽特又给他们示范了一遍，孩子们都纷纷跟她学了起来。但雅各布倒是很不老实，他一会儿便爬上了一个大木桶，伸开双腿，坐在那里看着大海。

这时，船突然剧烈地摇晃了一下，黛比差点儿就从她怀里滑出去了，玛格丽特不禁吓得大惊失色。幸好有惊无险，身边的孩子也都安然无恙，她随即稳定了情绪，对大家说："小家伙们，你们都注意点啊，船晃动时一定要抓紧。"

"好的。"苏珊应道。

"小心转弯的时候别被帆杆扫到船另一边去。"

这段特殊而漫长的旅程，终于让孩子们习惯了船上颠簸的日子，即使是三岁的雅各布也能好好照顾自己了。不过，他刚刚坐在大木桶上，迦勒便走过来，揪着他的衣服，把他拎到了姐姐们待着的安全地带。

"记住当心点！要不然我把你扔到海里去喂鲨鱼！"他一面责骂着雅各布，一面转身回到舵柄旁的男人堆里。

这群男人吃着多莉提供的干奶酪和厚面包，喝着船长带来的啤酒，正谈论着航海图和航线。

船长最后提出："根本没有第二条路可走。"

紧接着他又说："虽然去佩诺布斯科特需要整整一周的时间，但我们还是走这条内道航线最合适。当初我说要靠着浅滩行船时，我可万万没想到这船吃水这么深，你看现在连船头都要沉下去了。"

乔尔伸出粗糙的食指，提出了不同的意见："我觉得似乎先到法尔茅斯港会更好。"

他又指了指地图上的某处说："不然等我们走到那儿时，食物和水就不够了。"

"没错，"一旁的艾拉也赞同他的提议，"我们到那里还可以稍作修整呢，要是多莉看到外面世界其他的人，感受到新的民风，就不会像现在这么郁郁寡欢了。"说完，他意味深长地笑了笑，又从自己带的扁烟草块上切了块烟草。

她叹了口气说道："那估计是我最后一次看见人烟了吧，一定是这样的。唉，离开马布尔黑德的日子真是太难熬了，如果现在有座房子能供我安居乐业，我就别无他求了。"

"哼，女人啊！"她的丈夫斥责道，"她整天就知道和街坊邻居说三道四，假如我们就这样安居乐业，享有安宁的话，你一出门就会看到屋子的三面墙。我们不如还是立刻起程远行，去寻找更舒适宽敞的地方吧。"

艾拉在旁边插了一句嘴："男人们总是想着要很大的空间，谁知道当初那个男人没把东边土地卖给你的时候，我在马布尔黑德就像蹲监狱一样。"

听到这里，多莉咬了一口面包说道："很多人都感觉不到自己的富有呢。"

"有多少人原本有机会可以得到一两百公顷的土地，最终却屈居在一个不过一两公顷的土地上忙碌一生。"乔尔说这话的时候眼睛里闪着光芒，就好像自己已经得到了那些新土地一样。他宽厚的手掌微微弯曲，看上去像是要握斧头的姿势。"马布尔黑德人真是多到摩肩接踵啊，连个动弹的地方都已经快没有啦。有时候海港望上去一片狼藉，横七竖八地停满了船，有时顶多就能再挤进去一艘最小的渔船。马路上的马车也都停得乱七八糟的，密密麻麻，需要人们小心翼翼地从中穿过去。"

老船长哈特故意摇了摇头，插话道："现在再穿过那条马路，情况应该不会那么糟了吧。我以上帝的名义保证，如果人们现在还驾着马车出门，肯定是走不远的，肯定走不远。"

"我可不像乔尔那样喜欢干农活。"艾拉又接着说道，"我觉得如果我住到海边，肯定乐意经常出门。"

"没错，我也是这样！"船长很赞同地应和了一句，"等你到了海边，简直是衣食无忧，无所牵挂了，海风自由，自然是可以随着你的心，想去哪里就去哪里。"

玛格丽特本来心不在焉地听着他们的谈话，然而船长的最后一句话却突然勾起了她的思绪。她目光深邃地望着蔚蓝的海面，看着"伊丽莎白号"劈开了层层波浪。这一刻，她突然开始明白船长的意思。大海原来也是一条长路啊，它从遥远的源头出发，最终可以到达世界的每一个角落。当人们开始踏上这条路时，就有机会可以抵达世界上任何你想去的地方。她微笑着，心里在想，那凹下去的海浪远远望上去就像是车辙，而他们就正坐在这辆没有车轮的马车上，驶向远方……

多莉从木桶里舀出甜蜜诱人的糖浆涂在松软的面包上，然后又把面包片分给了孩子们。而迦勒则负责给刚醒来便开始哭闹的黛比挤牛奶去了。

迦勒很快就提着"奶瓶"回来了，这个"奶瓶"是把一个葫芦中间挖空，然后再穿上几个孔做成的，里面装满了从老奶牛布林多身上挤出来的温热的牛奶。多莉举起奶瓶，把热牛奶一滴一滴地喂进黛比嘟起的嘴里。

"麦琪，快把这群叽叽喳喳的孩子从我身边带走，我可受不了他们的吵闹了。"乔尔说。

多莉也在一旁提醒说："尤其要注意点雅各布和芭迪，千万别让他们弄上一身糖浆，这个地方可不方便洗澡。"

于是他们在靠背长椅和其他家具的影子的角落里坐了下来。玛格丽特的身边围绕着四个孩子，她得一边打理毛线，一边悉心照看着孩子们。苏珊和贝基玩耍着一个玉米芯做的娃娃，它还穿着漂亮绚丽的印花布衣服，这个娃娃是她们最心爱的宝贝。而雅各布在用力拉扯着一根绳子，假装自己钓到了一条大鱼。芭迪则在旁边玩着一把贝壳。

不知不觉夜幕降临了，海上的风向也起了变化。船上装载了太多的货物，而此刻船还要不断地随风向调整才能顺利航行。哈特船长嘴里小声咕哝着，抱怨着这一切，他斜视着海岸线上的云朵逐渐被灼热的落日染成绚烂的玫瑰红。

"唉，这些云都背着风，这可不是什么好预兆。"船长又咕哝着。可是那晚绚烂的暮色迟迟不肯褪去，傍晚的天空晴朗纯粹，空气中又透着阵阵凉爽。多莉在篮子里留下的食物都被他们吃光了，孩子们也喝了牛奶，三个最小的孩子早早地进了小船舱。多莉把孩子们在长椅上安顿好，就回来了。天上的夜色逐渐变深，她就坐在双胞胎和玛格丽特中间，看着夜空中出现的第一颗星，明亮而闪耀。这时迦勒和艾拉也都凑了过来，丝毫没有觉得有损身份。

"啊！那是新月啊！我要对着它许愿！"贝基看着西边夜空低垂的镰刀形月亮，大声地喊道。

"我也要！"苏珊也抢着说道，"而且你们知道吗？如果向新月鞠九次躬，你们的愿望就会实现哦。"说完，她便兴高采烈地鞠起躬来，小脑袋上上下下地晃动着，后面的小辫子也一甩一甩的。

多莉也叹了口气说："其实我的梦想很简单，就是这艘船能把我们带回最初的那个地方。"

听到这里，玛格丽特发现迦勒似乎抽了下鼻子，可还没等他开口说什么，旁边的艾拉便愉快地插话道："不知你们大家有没有听说过月亮和火药桶的故事呢？这个故事当初是一个老人给我讲的，而他还是在苏格兰时听他爷爷讲的呢！"

"那快给我们讲讲吧！艾拉叔叔。"两个小女孩都迫不及待地凑到艾拉身旁，期盼的眼睛在夜色中闪耀着光芒。

于是艾拉叔叔开口讲道："从前有一个人出门打猎，这一天他在森林中长途跋涉了很久，从天亮走到天黑，因此他感到非常疲惫，打算好好睡一觉。在入睡前，他把他的火药桶挂在头顶上的一个亮晶晶的黄色小钩子上。然而等他一觉醒来后，火药桶居然不翼而飞了。于是他到处找，最后也没有找到那只火药桶。"

"那后来怎么样了呢？"两个小姑娘异口同声地问道。

"后来他无计可施，只好空着手回家了。"艾拉叔叔接着讲道，"可是等到第二天晚上，他又回到从前的地方睡

觉，突然发现他的火药桶居然挂在了月亮上，并且闪闪发着光，美妙极了！"

"好了，艾拉，别骗小孩子啦！你不应该给她们讲这么幼稚的故事。"多莉有些责备地说道。

可是艾拉的故事却令玛格丽特在黑暗中不禁会心微笑，她感到心情愉悦。因为这让她回想起了过去的日子，那时候奶奶常常给她讲睡前故事。然后迦勒和艾拉起身到燃着火的炉子那里就着火点灯。多莉也离开这里去了下面。玛格丽特感到了些许的失落，幸好还有两个可爱的双胞胎姐妹留在这里陪她。船上的海风依旧凛冽刺骨，她们的身体都蜷缩着，紧紧地靠在了一起。她们睁开眼睛望着头顶上星光流转的深蓝色夜空，这些闪闪发亮的星星，玛格丽特大多数都认得，那是皮尔斯叔叔在从前的许多个晚上教给她的。如今再抬头仰望着这些星星，她感觉熟悉得像是自己的邻居。她指着夜空中一颗颗星星，亲切地告诉孩子们它们的名字。

"快看，那个是围着小星星腰带的猎户座先生，那边的是维纳斯小姐，她今晚真是光彩照人是不是？而再那边的就是昂宿星团。"

这时，多莉把双胞胎姐妹带到下面去了，玛格丽特也只好跟着下去。她宁可像男人们那样待在上面，也不愿意挤在这个像匣子一样狭窄的船舱里，蹑手蹑脚地小心从熟睡的孩子们中间挤过去。她躺在一个硬木板的长椅上，头下枕着一袋粮食。很快，那些孩子和妈妈都进入了梦乡。可是她却没有人睡。她的目光透过敞开的舱口，可以看到外面露出的一小块儿夜空。船在海上不停地晃动着，船尾的灯光也摇摇晃晃地在地上投下影子。她恍惚中听到男人在拉着绳子调整风帆，还有他们谈话的声音，仿佛是在谈论着什么或者是船长在传达命令。这些男人们低沉沙哑的说话声中还夹杂着迦勒充满稚气的尖细声音，显得格外鲜明。

她终于进入了梦乡，然而当她睡得迷迷糊糊时突然又听到大声的喊叫，又感觉到船在剧烈地摇晃。她从梦中醒来，她感到"伊丽莎白号"再也回不到往日的那种平稳安宁了，如今它的晃动越发剧烈突兀，船头在水里上上下下地晃动着，船梁也在晃动着，而桅杆更是不知道什么时候会突然折断。

"哦！天啊！"她在黑暗中大声喊道，然后立即坐了起来，从自己身上寻找着念珠，却突然意识到她早已不再拥有它了。她小心地拨开孩子们依偎着她的细胳膊细腿，然后起身走向船舱口。

外面冰冷的海水迅速朝她扑过来，整个船都被淋得湿成一片。她甚至不知道脚下的路是怎么一步步走出去的。"伊丽莎白号"摇晃得连人都快站不住了，她拼命地抓紧船栏缓慢地挪动着。她模糊中望见艾拉正在拼命地收着船帆，而迦勒则小心翼翼地朝艾拉爬过去。此时哈特船长正英勇无畏地抓着舵柄，越来越剧烈的海浪冲击着他，似乎任何一个海浪都能把他整个人卷走。可他还是紧紧地倚在舵柄上，竭尽全力地高声朝着其他人下达命令，但是一直隆隆作响的海浪几乎把船长高亢的声音给淹没了。

"大家都抓紧绳索！"玛格丽特在下面似乎听到了船长的声音。当他看到玛格丽特走上来时，着急地朝她喊："快点下去！到下面去！"

她听了正要立刻转身走下去，突然听到来自船头的一声尖叫，她猛然意识到肯定是迦勒和那些牲畜出事了，于是紧接着又听到木头的折断声和牲畜们的惨烈嚎叫。这时，玛格丽特一只手紧紧地抓着低矮的船栏，身体紧贴着船舱的一边，裸露的双脚缓缓地朝着前方可以踩到的任何地方走过去。她就像是被某种特殊力量推动着，小心地趁着海浪的间歇时间赶紧向前挪动着。无情的海浪拍打着她的身体，她的鼻子、嘴巴里都灌满了咸咸的海水，海风迅猛地吹着她那湿透了的头发，但她依然艰难地朝前移动着，甚至没有注意到男人们朝她呼喊的声音。

刚刚走到一半时，又一个巨浪席卷过来，整个船头都被浸泡在了水中，船上的乘客们都摇摇晃晃地隐没在茫茫水雾中。玛格丽特看到巨浪朝她扑过来，便赶紧低下头，双手死死地紧握住船栏。这时她似乎又听到了不远处传来的迦勒的尖细叫声，前方白色的巨浪紧接着又侵袭过来，就算没听到绵羊凄惨的咩咩声，她也完全能猜到发生了什么。

巨大的海浪早就把迦勒临时做的围栏冲跑了，所幸前面的围栏还在。他正在绳子之间转动着身体，十分努力地想用鞭子把奶牛和小牛犊们赶进去，而此刻他的胳膊间紧紧夹着剩下的三只羊。他曾在早晨把羊的前腿和后腿绑在了一起，这样它们就能老实安分一些。可是正因如此，现在这些小羊就像一袋袋羊毛般在海浪中漂来漂去，看起来无助极了。突然间船又剧烈地晃动了一下，一只小羊不小心从迦勒的手里掉了出来，而这时玛格丽特正好爬过去，伸手接住了那只羊。整套动作一气呵成，连她自己都不知道是怎么做到的。

迦勒在她耳旁大喊道："一定得抓紧了啊！"于是她把羊抓得更紧了，连手指都深深嵌入了软绵绵的羊毛里。

周围的环境一片漆黑，他们两个几乎都看不到彼此，浑身都湿透了，冰冷极了。但是凭借着雪白的羊毛，在黑暗中他们还勉强能确定出对方的位置。等到海上的风浪稍微平静了，他们就会大声呼唤彼此一句，以表示他们都还在坚持着。

这时玛格丽特抓住的羊在恐惧中拼命地挣扎着。"噢！你快把我的胳膊弄断了！"玛格丽特叫嚷道，感到很疼。

但是为了防止迦勒听到她痛苦的声音，她只好紧咬着嘴唇。终于过了一会儿，可能是羊挣扎累了，她感觉胳膊没有那么痛了。可她现在全身冰冷，似乎双腿都麻木了，这时她连担心、害怕的力气都没有了。

最终，这场可怕的暴风雨终于落下了帷幕。东方天际的熹微晨光从海面上升起，新的一天到来了。再也没有迅疾的海浪在疯狂地嘶吼着，大海上一片平静安详。第一个过来寻找他们的人是艾拉，他怔怔地凝视着眼前残破的景象，古铜色的脸吓得惨白。他赶紧走过去，想确认他们是否还在那里。当他看到玛格丽特时，没有说一句话，便赶紧把她怀里紧抱着的羊接过来，让她回船尾休息。她全身都湿透了。她的手指一阵痉挛，几乎抓不住船上的木板，摇摇晃晃地走进船舱了。

当船长看到在舱口跌跌撞撞走下去的玛格丽特时，不可置信地对乔尔说道："这两个年轻的孩子居然都活下来了。"

"是啊，我原本只以为迦勒可以挺过去。可是当海上的风暴袭来的时候，她怎么不去下面躲一躲呢？这个女孩子真的是很坚强、勇敢，不论她是何出身。"旁边另一个人由衷地感慨道。

"没错，她真是一个勇敢的姑娘。"船长也不由自主地赞赏道，随后他让艾拉升起了风帆。玛格丽特精疲力竭地睡在木头硬长椅上，一群孩子都围在她身边担心地啜泣着，多莉责怪她太过冲动、莽撞了。可是，她并不把责怪的话放在心上，她只感觉到心里很温暖惬意。大家都这么关心她，船长和乔尔刚刚还都在赞扬她，或许迦勒也不会再像从前那样嘲笑自己了。这一次，她很快就进入了甜美的梦乡，久违的勒阿弗尔又回到了她的梦中。她回到了洒满金色阳光的修道院花园里，身旁走过的是穿着蓝色软袍的美丽修女们，她们头上戴着像是白色翅膀的头饰，在阳光下亮晶晶的。教堂古朴的钟又被敲响了，钟声提醒着每天中午弥撒的时间。

当她从梦中苏醒时，感到了些许头痛，身子也有些僵硬。她强忍着身体的痛苦没有叫出声，从黑暗潮湿的船舱里爬到了上面的亮处。太阳高高地悬挂在蔚蓝的天空中，照耀着平静辽远的海面，这安详的景色让人觉得似乎"伊丽莎白号"上从未发生过昨晚那样骇人的风暴。但是船上到处都遗留着海浪猛击过的证据，一个鸡笼和大部分家当都被海水冲走了，前面的栏杆也被摧毁了。多莉和孩子们坐在那里，怔怔地望着船上的景象，心情郁闷地抱怨着她们所丢失的这一切。他的丈夫安慰她说："至少我们大家在这场风暴的打击下都安然无恙，这已经是很幸运了。"

迦勒也在一旁骄傲快活地说道："还要多亏我和麦琪，我们救回了整整三只羊呢！你就不要再抱怨了，不然我们连一缕羊毛都不剩啦。"

"可是纺车没有了，这些羊又有什么用呢？"她又喃喃回答道，然后在温暖的阳光下把被子翻了个面，好让它快点晒干。

虽然多莉讲话有些刻薄，但是那天她对玛格丽特并不赖。多莉没有命令她干任何重活，只让她在那里照看孩子们，还送了一点牛脂给她，好让她涂在头上那已变成深紫色的淤青处。旁边的迦勒似乎感到有点得意。

"嘿，你可真是容易受伤。要不是我天生身体健壮，我身上说不定也和你一样青一块紫一块的了。"他朝玛格丽特说道。

"好了，别开她玩笑了。拍打在她身上的是巨浪，又不是羽毛。"艾拉叔叔在旁边语气温柔地训斥道。

现在的食物除了两个最小的孩子要喝的牛奶以外，就只剩下一些硬面包了。男人们只好开始寻找其他的食物。

船长突然提议说："要不然我们试试马布尔黑德火鸡怎么样？现在海上风不大，绳索那里可以找几个人过来帮忙。"

玛格丽特听了一脸愕然地望着船长，十分惊讶。迦勒和艾拉则笑着一块儿去拿绳索和钩子。双胞胎姐妹看起来却一点儿也不惊讶，她们笑着向她解释道："船长不是真的要去抓鸡，他们是要去钓鳕鱼。"男人们把储藏的小鱼干当作诱饵，挂在鱼钩上扔到了海里去。很快，一两条黑线鳕鱼还有几条带着斑点的鳕鱼便上钩了，它们开始在甲板上活蹦乱跳。

此时，乔尔从鸡笼里抽出了几根小木棍，放在温热的阳光下烘干，又费尽力气地把它们都削成一些薄木片，用打火石点燃了，然后他又赶紧把炉子架在上面。最终，炉子下面的火焰熊熊燃烧着，多莉也把三角锅都准备好了，而迦勒则在一旁收拾鱼，他可是收拾鱼的行家，想必大家很快就能开吃啦。

"还有什么比新鲜美味的鳕鱼更吸引人呢？"船长心满意足地吃完了他那份鱼肉，把鱼骨头扔到了甲板上。"要是能再来一块热乎乎的美味玉米饼，让我当乔治国王我都不去！"

可多莉似乎不是很满意："这鳕鱼肉半生不熟的，还没有盐和任何调味品，又哪里算得上美味呢。"

艾拉开玩笑道："下次煮鳕鱼时，给你倒上半壶海水，你就不抱怨了。"

"等到我们上岸时，用海水给你煮点盐吧。或许还能弄到些羊吃的盐呢。"她的丈夫在她身旁安慰着她。

玛格丽特也觉得这鳕鱼吃起来没有滋味，再加上昨晚被风暴折腾了一夜，此刻她只觉得精疲力竭，体力不支。

日落时分，"伊丽莎白号"靠近了一处陡峭的海岸线，那里散落着各种锯齿状的岩石，生机勃勃的常青乔木长得格外茂盛，一直延伸到了悬崖旁边。天空渐渐地被染成了清澈透明的淡黄色，这些成群结伴生长的树木在夕阳下显得有些原始、黯淡，像是一群排着长队伍的面容憔悴、身体瘦弱的人。

"哇！我还从来没见过这么多树木呢！"贝基站在甲板上叫道，孩子们也都纷纷挤到船栏边上。

船长在旁边微笑着提醒道："待会儿你们会看到更多哦。"

多莉坐在那里一言不发，但玛格丽特却注意到她把斗篷裹得更紧了。过了好一会儿，轮船驶过一片参差不齐地散落着几座住宅的空地时，多莉才逐渐神情愉悦起来。

"快看！有人在做晚餐呢。房子上升起了袅袅炊烟。"多莉在一旁说道。

　　那些房子的烟囱里果真都飘散着缕缕浅灰色的炊烟，周围那个宁静的扇贝形海湾停泊着好几艘船。当他们行船靠近时，似乎还听到了狗吠声。

　　在那个月明星稀的晚上，他们的船停靠在一个高高的海峡旁，并打算一直休息到天亮再起航。船长还特意笑着命名它为伊丽莎白海峡，为了振奋人心，他紧接着又胸有成竹地向大家宣布，第二天天亮的时候他们就可以到达法尔茅斯，于是大家都兴高采烈地欢腾起来，尤其是多莉。她就连为大家分发被海水浸泡过的玉米粉做成的布丁时，都兴奋得不能自已。艾拉一边笑着接过布丁，一边打趣道："多莉，等你到了那里，法尔茅斯人看到你这顶小软帽，肯定就把你当成稀客啦！他们肯定没见过这样的帽子。"

　　多莉笑了笑，答道："说不定以后也不会再见到了。昨晚的风暴大水都快把帽子的花边泡烂了，现在还能剩下这顶帽子，我真是谢天谢地啦。"她一边说着，一边用手用力捏了捏帽子布制的帽檐。

　　玛格丽特坐在船舱里听到了他们的谈话，此时她正在摇晃着小摇篮，哄小婴儿黛比睡觉呢。这个小小的木摇篮在风暴来临时，没有遭受大多数家具的厄运，至今还完好无损，真是个奇迹。在船舱里没有人会听得到，也不会有人责怪她说法语，于是她忍不住唱出了一段奶奶曾经教过她的摇篮曲的副歌：

　　睡吧，睡吧，我亲爱的宝贝。

亲爱的宝贝快快睡吧。

睡吧，睡吧，我亲爱的宝贝。

快快进入甜美的梦乡。

第二天早晨，明媚的阳光洒在甲板上。"伊丽莎白号"平稳地行驶在草木茂盛的岛屿间，岸上的美景秀色可餐，令人心情愉悦。其中有几个较大的岛屿上还散落着一两块农田。船长曾经来这里钓过鱼，对这片水域了如指掌。可是他此刻正在下命令换船帆和负责控制航向，忙得不亦乐乎，根本无暇顾及多莉问他的关于岛屿的名字和住着怎样的居民的那些问题。最终，他们看到了法尔茅斯，在那个辽阔安宁的海港上参差散落着几座整齐的房屋，还有一些小渔船和六艘大船停泊在海湾处。

迦勒好奇地望向那里，为了看清楚些，他的蓝眼睛眯成了一条缝。"这里的房子也没有那么多嘛。"他说道。

苏珊也插嘴道："是啊，马布尔黑德可比这里大多了。"

"可我觉得已经很不错了，我现在真的很想到岸上去。"他们的妈妈说道。

"没错，快看，那边还有教堂尖塔呢！"还是贝基眼尖，他兴奋地叫道。

"是吧，还有炮台呢！"迦勒也看到了不远处的大炮。

艾拉在旁边为他们解释道："那叫作堡垒，是用来警戒印第安人和法国人的。"他一边说，一边跑去收船帆。

"哈，听到了吗，玛格丽特？也许以后他们还会对你开火呢！"迦勒调皮地朝她扮着鬼脸。

"不要！不要啊！不要对麦琪开火！"雅各布听了后大惊失色，他紧紧地抓着玛格丽特的衣角。

"别闹了，放心吧雅各布，他们是不会朝麦琪开火的。他们不打安分守己的百姓，只是向印第安人和那些住在加拿大的面目可憎的法国人开火。"

话虽如此，玛格丽特却听得心里五味杂陈，她弯着腰，牵起了雅各布的小手。这并非她第一次听到别人中伤她的国家，应该也不会是最后一次。虽然孩子们紧紧地握着她的手指，旁边的小女孩们也叽叽喳喳地说笑着，让她感到很温馨，却依然无法驱散此刻她心上笼罩的那片阴云。

她内心悲痛地想："唉，如果要是没有战争该多好，他们为什么都要跑到大老远的地方来打仗呢？"

而此刻，男人们已经开始给船抛锚了，还准备好了小渔船，以驶向岸边。那里就在离城镇不远处。一片生机盎然的绿油油的青草地一直延伸到那个盐湖畔，湖边点缀着几株剔透的蓝色鸢尾花，周围有几只老牛在悠闲惬意地啃着青草，它们一身棕褐色的毛在阳光照耀下显得油亮油亮的。

"哇，这真是一片极好的牧场。"乔尔由衷地感叹道，"我们还可以把牲畜拉过来吃草，不过我可不敢保证它们到时还肯乖乖地再回到船上。"

艾拉在一旁提醒："我看还是算了吧，最初我们在马布尔黑德把它们从木筏上吊起来时，累得精疲力竭的。还是让迦勒和孩子们去岸上给它们割草吃吧，现在我们可是要先去港口了。"

乔尔赞同地点了点头，可迦勒却在一旁闷闷不乐，他不愿意每天和小孩子们以及玛格丽特混在一起。两个双胞胎姐妹也都在嘟囔抱怨着她们根本看不到法尔茅斯。为了能够抵御恶劣天气，他们把小船做得很结实，船身被涂成了深黄色，船上不仅有两副被木板固定着的沉重船桨，还有能够被吊起来的船帆和桅杆。艾拉和他哥哥划着一副船桨控制航向，而迦勒坐在船尾划着另一副船桨。玛格丽特和孩子们坐在船头静静地看着他们划桨。每当调皮的蓝色海浪突然溅到孩子们脸上时，他们都会兴奋地大声喊叫。终于小船停在了卵石滩，大家也都下了船。

迦勒挥舞着手里要割草用的镰刀对孩子们说："你们都跟着麦琪，好好听她的话，我还有好多事要忙呢，都别过来给我捣乱！"

当他们从"伊丽莎白号"灼热的甲板上走下来后，双脚触碰到了清爽冰凉的草地，不禁感受到一阵惬意怡人。在水边的那一端，他们看到了一大片生长茂盛、猩红的野草莓。玛格丽特从来没见过这么多的新鲜野草莓，集市上的女人篮子里卖的野草莓也从没有这么饱满多汁、酸甜可口的。孩子们一边用手捧着一大堆野草莓，一边往嘴巴里塞。雅各布和芭迪的嘴唇也都被草莓染成了红色。而玛格丽特和双胞胎姐妹正在一旁把草莓都装进她们特意带来的木篮子里。奶奶曾经教过她，要先在木篮子下面垫上一片宽大的绿叶子，然后她们便快活麻利地把草莓都摘下来，装进木篮子里，不过更多的是放进了她们自己的嘴里。

"哇，这些草莓真是新鲜可口，美味极了。"玛格丽特兴奋地感叹着，"现在我的手指都变成甜的啦。"说着，她又快活地吮吸了一下自己的手指。

"我猜迦勒肯定会把我们采的这些草莓都吃掉的。"苏珊向草地上望了望，迦勒正在那里忙得不亦乐乎，"等他割完草，肯定就饿了。"

"可是他最好还是不要把它们都吃光，我还想留点草莓，等晚餐时吃呢，是吧麦琪？"贝基抱怨地嘟起了嘴。

"那我们就赶紧再往篮子里多装点草莓，我看你装的还不够二十个呢。"玛格丽特在一旁提醒她。

等她们终于把木篮子里的草莓装满后，就走到一片云杉和桦树林里休息。双胞胎姐妹还带来了她们最心爱的玉米芯娃娃耶露莎，玛格丽特在旁边热心地教给她们怎么给娃娃做一件美丽的绿色裙子，她还在上面装饰了一朵雏菊花。

贝基感叹地说："好美的裙子啊，清新绿色的裙摆，上面还有洁白淡雅的小花。我也想要这样的裙子！"

"可是妈妈告诉过我们，现在能穿彩旗布和亚麻布做的衣服就已经很好了，说不定等到我们长大结婚那天，就能穿带着漂亮树枝图案的印花裙子了。"苏珊在一旁安慰她说。

玛格丽特也打开了话匣子："我从前在法国时，每天都穿印花裙子。"她不愿和别人提起过去的事，不过和孩子们在一起聊天让她觉得很自在。"我在夏天时常穿那件印着绿色葡萄藤的淡黄色裙子，而在冬天我穿着一件印着桃红色玫瑰和玛格丽特菊的棕色棉袄。我喜欢这件衣服因为我的名字也叫作玛格丽特，而在这里它叫雏菊。"她边说边陷入了美好的回忆中，黑色的眼睛散发着明亮的光芒。

苏珊说："我妈妈说她不会叫你之前那个名字，因为它太法国化啦。"

"嘿！大家快低头！"贝基的喊叫声打断了她们的谈话，玛格丽特看到一只蜻蜓从她们头顶盘旋飞过，在阳光照耀下它透明的翅膀闪耀着蓝色和灰色的光芒。

"可是我们为什么要低头躲开呢？"玛格丽特一头雾水地望着叫嚷的贝基。

"因为我们不可以靠近它，它是魔鬼的织布针！"雅各布在旁边回答了她，并把圆圆的小脑袋埋在了膝盖间。

"现在没事啦，它已经飞走了。要不我们现在去采点野花来编花环吧。"玛格丽特对孩子们说。

她们正准备站起来回到草地时，突然听到了一阵响亮的狗吠声。不远处一个黄色的身影飞快地朝她们奔过来，紧接着，她们便看到眼前一只半大的小黄狗正吐着红色的舌头，热情地摇着尾巴，抬头望着她们。

"啊！小狗，好可爱的小狗！"玛格丽特高兴地叫了起来，小黄狗跳起来欢快地舔了舔她的手。

　　这只精力充沛的小狗在孩子们身旁来回穿梭着，亲昵地跑来跑去，最终又跑回到玛格丽特身边，十分享受地让她摸着自己的头。

　　双胞胎姐妹看上去也很兴奋。"可这会是谁家的小狗呢？会不会是看牲畜的？"她们疑惑地说道。

　　"可我好希望这是我们的狗啊。"芭迪在一旁说。雅各布也露出了渴望的眼神，赞同地点了点头。他又紧紧地抱住了这只可爱的小黄狗，似乎是希望它永远也不要离开。

　　正在这时，她们看到一个高个子的男人从不远处走了过来，他穿着一件粗布外套，肩膀上挎着一杆滑膛枪。他走起路来几乎不发出一点声音，步伐却十分迅速敏捷。他一直走到离她们非常近时才开口打招呼，这让玛格丽特有些好奇地望着他。

　　"你们是谁家的孩子？"他问道，语气短促有力，夹杂着严厉。两个最小的孩子害怕地紧紧贴着玛格丽特，双胞胎姐妹也用惊恐慌乱的蓝眼睛瞪着他。

　　"我们就从那边的那艘船上来，我们只是到这里来割点草。"玛格丽特指着不远处停泊的"伊丽莎白号"说，礼貌地回答着他。

　　"哦？是新来的，"这个男人看上去似乎没那么严厉警惕了，"那你们到底是从哪里来的？"他把胳膊搭在滑膛枪上，语气中透着好奇。

　　"我们是从马布尔黑德出发的。"苏珊似乎不那么害怕了，大胆地回答着他。

"可是我们要到那边去。"贝基用手指着房屋和海湾后的航线，也插嘴道。

"你们要去那边？你们的大人怎么不在这里？"那个男人又接着问道。

"他们到城里去了，而我们的哥哥就在下面的草地那里割草呢。"双胞胎姐妹异口同声地回答着他。

"我希望还能和他说句话，他们最好弄清楚是来这里干什么的，趁他们的头皮还在。"那个男人语气有些低沉地说道。

于是他们排成一排队伍走向岸边，孩子们走在最前面，小狗就在他们脚边蹦蹦跳跳地跟着，那个男人扛着滑膛枪走在了最后面。

雅各布望着他，鼓足勇气问了一句："这是你的狗吗？"

"不是，但它肯定是跟我过来的。"男人简短地回答说。

迦勒在不远处的草地上看到他们走过来，放下刚堆起来的草垛就跑过去与他们会合。他和那个男人走到较远的地方谈话，不过玛格丽特还是隐隐约约听到了一些他们的谈话内容。正午的阳光高高地挂在天上，照耀着整片草地，灼热地炙烤着她的肩膀和头，可她却感受到了阵阵寒意，心脏也跟着扑通扑通地紧张跳动着。

那个男人在说："你知不知道小孩子独自待在这里是很危险的？因为树林里到处都是邪恶的印第安人，他们作恶多端。而我是来这里照看牲畜的。"

"你的意思是他们会随便杀害周围的人吗？"迦勒急切地问他，眼神有些飘忽和恐惧。

"不错，他们会这么做。我们已经修筑好了堡垒和栅栏，所以他们不能像从前那样肆意破坏这座城镇了。可是如果有人出去正好撞上他们，那他可就倒霉了。上个月，有一个守卫和另外四个男人在城镇里耕地时就被印第安人残忍地杀害了。还有一个住在潮水区上方的男人，叫作波默罗伊，他刚挤完牛奶回来就被印第安人射死在自己家门前，连他的妻儿也被掳去当俘虏了。"

此刻玛格丽特正站在洒满明媚阳光的温热的草地上，几个可爱的小孩子围在她身边玩耍着，当她无意中听到这一切时，他的话似乎是一阵沉闷的鼓声重重地击打在她的心上，可她还是要佯装镇定地在为芭迪做的漂亮花环中编进玛格丽特菊。

"我想你们的大人肯定不曾对印第安人的事迹有所耳闻，才敢这么放心地把你们几个小孩子留在这里，连一杆滑膛枪都没有留下。"

"我会用滑膛枪，不过我现在的确没有。但是，我会想办法解决他们的。"迦勒鼓足勇气镇定地说。

"小家伙，去年来这里采坚果的那群人也是这么想的。可是结果呢？那么一大群人，最终只有五个人生还。你记住，小岛也不比陆地安全多少。他们曾经还在切拜格岛往里一点的那个地方，杀死了六只羊和三头牛，然后又把它们烤到半熟扔在沙滩上。小男孩，他们可不只杀成年人啊，你们千万不要掉以轻心。"

不久，那个男人走到了一个高高的树杈处，那里就是他照看牲畜的地方。他向孩子们承诺会在他们的船回来之前悉心照看他们，保障他们的安全。孩子们都并排站在那里，心中忐忑不安，连迦勒都被吓得大惊失色，不过那只黄色小狗并没有跟过来。

贝基在一旁说道："我认为它想和我们待在一起。"不过还是雅各布先飞快地跑到那个男人身边，热情地拉住他的手，满脸渴望地向他比画着。

"好吧，你们可以把它带走，我不介意，这几天它一直在堡垒周围转悠。"他这样回答雅各布。

孩子们听了他的话都欣喜若狂地跳了起来，就连玛格丽特和迦勒看到小黄狗亲昵地在他们身边跑来跑去，又把雅各布扔出去的树枝捡回来时，也被逗得忍俊不禁。

突然苏珊想了想说道："可是万一妈妈不让我们收养这只小狗怎么办，她总是说狗会吃很多。"

"那我就把我每天的晚餐分一点给它吃。"雅各布慷慨地说道。芭迪也语气热烈地表示愿意分给小狗晚餐。

迦勒虽然在一旁不置可否，但玛格丽特却看到当他去捆草时，温柔地摸了摸小狗的头。由此可以判断出，迦勒也是很喜欢这只小狗的。

"我们给它起个名字吧！"贝基兴奋地提议道。

　　起名字可不是一件随随便便的事情，直到艾拉和乔尔拉着船回到岸上时，这些孩子还在热火朝天地讨论着小狗的名字。看到男人们都平安归来，小家伙们便都快活地蜂拥而上，和大人们讲述着关于小狗、带着滑膛枪的男人和可怕的印第安人的故事。玛格丽特站在稍远的地方望着他们，小黄狗乖乖地陪在她身边，在她腿上亲切活泼地蹭来蹭去，似乎知道她是外来的。当玛格丽特听说大人们也都接纳这只小狗时，感到心情十分愉悦。

　　"好吧，那就带它上船吧，说不定它还能吓吓印第安人，但是我要提前警告你们，如果它表现不好的话，就得离开我们了。"爸爸痛快地答应了孩子们的要求。

　　那个夜空晴朗的晚上，大家围在一起吃着从法尔茅斯带回来的新鲜美味的食物，还有孩子们采回来的香甜可口的野草莓，但那晚大家似乎并没有像往日那样无忧无虑地开怀畅谈着。玛格丽特注意到多莉比平日更加关怀疼爱孩子们了，大家也都变得心事重重，她猜想多莉一定也是听说了关于那个带滑膛枪的男人的谈话。

　　等到孩子们熟睡以后，大人们开始讨论了起来。其实每个人都清楚地知晓当下大家心中最重要的事情是什么。玛格丽特把小狗抱在膝盖上，静静地听着他们谈话，心底不知不觉泛起一丝寒意。

　　艾拉首先讲述着另一个故事："当他们从教堂回来时，印第安人就躲在树后面朝他们开火。最终唯一的一个幸存者回来警告大家所发生的事。当他狼狈不堪地逃回来时，已经浑身伤痕累累了。"

哈特船长插嘴道："印第安人真是可恶，本来在过去的十年里，他们除了偷东西外没犯过什么滔天大罪。可是如今他们却打破往日的平静，开始大生事端了。而他们在帕萨马科迪和佩诺布斯科特更是放肆，他们把英国人的头皮展示给法国人看，然后从中得到赏金。"

"天哪！乔尔，那不正是我们要去的地方吗？我们要去的地方就是印第安人的地盘！"多莉那尖细恐惧的声音传到了每个人的耳边。

"别担心，亲爱的，不要完全相信你所听说的故事。"乔尔在旁边温柔地安慰着她。

"可是我们都看到了那三十个印第安人的头皮了啊，我们可是亲眼所见！他们的头皮就被人们挂在堡垒的柱子上，人们还愤恨地说要再加上十张头皮才抵得上他们过去一年中杀害的白人，这还没有算上被强行俘虏到加拿大的妇女儿童们。天啊，乔尔，我真的很担心，现在我甚至只有让孩子们寸步不离，才不会那么提心吊胆。"

"可是如今要投奔那里的不只我们，很多人都要在那里抚养孩子啊。我当初也是花光了所有积蓄才买下了那块土地，亲爱的，振作起来！所有的问题都会迎刃而解的。"

迦勒在一旁说道："爸爸，我也想要一杆属于自己的滑膛枪。"

第二天清晨，太阳照常升起。大家心中的恐惧似乎不那么强烈了。辽阔的海面那么平静幽蓝，让人看了神清气爽。每到一个新的海湾，他们都会沿着岸边的绿色风景线行船，岸上茂盛的灌木丛郁郁葱葱，伟岸笔直的乔木直冲云霄，遍布青苔的岩石散落在峭壁旁，美景无限延伸的蜿蜒海峡，深凹下去的海湾旁岛屿相接，到处生长着高耸入云的云杉树，在这里很少能看到一块不生长植被的空地。

"这里的岛屿真是太多啦。"贝基不禁感慨道。

"是啊，从清晨到现在我们恐怕都路过一百个岛屿了。"她的妈妈在旁边补充道。

船长凭借着他过去的宝贵航海经历和携带的航海图，能够向大家指出一些岛屿的名字。那个下午，船长指着一个在海面上隆起的黑色的小岛对大家说："这就是蒙西根岛。"这个小岛看上去只有几平方英里大。可是船长告诉大家，这是除了班克斯以外最好的渔场。据说，北欧人最早发现的这里，后来更多的白人也都知道了。最后，一群渔民带着家人都搬来这里居住。每年夏天，他们都在这个陆地环绕的海湾里和靠岸的船只做干鱼的生意。

黄昏时分很快就到来了，他们又看到一座几平方英里大的岛屿。船长说那个是霍特岛，是一个法国名字。听到这里，玛格丽特的心随之一动，但迦勒看起来却有些神情轻蔑。

他嘟囔着抱怨道："为什么不是英文名字，非得是法国名字呢！"

玛格丽特低下头，轻轻地叹了口气。不过幸运的是船长站在她这边。

"不管是一艘船还是一座岛，改名字是会带来厄运的。再说这里住的并非都是坏人，也有很多好的法国人。再往那边的是卡特因，是根据一个很久以前在这里定居的男爵的名字命名的。他建造了整座城堡，又创立了这个城镇。人们都称他是"荒野中的奇迹"。后来他娶了一位印第安女人，把她带回法国，可是后来他被英国人以触犯条规为由赶出去了。"

"幸亏他被赶出去了，做出这么荒谬奇怪的事情，若是我肯定惭愧得抬不起头来。"多莉朝船长摇了摇头说道。

"但不管怎么样，他和印第安人相处得却挺和谐，起码没有发生割头皮和袭击等事故。"多莉想了想又接着说。

玛格丽特听得心里有些释然，不过她并没有流露出分毫。大人们又开始讨论着新的话题，她却依然沉浸在船长刚才的话里，既然法国男爵肯娶一位印第安妻子，这说明那些野蛮人也没有那么可恶吧。她的心里这样想。

那天晚上，他们在岛屿的背风处停了船。船长说，要是顺风的话他们当天就能抵达目的地了，不过那条海路却难走得很。

"天啊，能在屋顶下入睡的感觉真美好。乔尔，我只盼望你用全部积蓄买下的那座房子能够结实牢固。"多莉朝她丈夫说道。

"放心吧，亲爱的，弗林特告诉我那是用最好的松木板建造的房子，还钉着木钉，这些在买下房子前，我早已确认清楚啦。"乔尔回答道。

但那天晚上，他们依旧睡在"伊丽莎白号"上，因为东边涌来了一团像灰墙般浓重的海雾，阻碍了他们行驶的进程。

当他们醒来后，发现船依旧困在原地，停滞不前。船长向大家宣布："目前我们只能先待在这里静观其变了，哪怕海上有风可以让船缓慢前进，我们也不能如此冒险。因为这里有许多的岛屿和暗礁，除非十分通晓这里的地形，不然我们的航船极其危险。"

那天的天气阴沉晦暗，船上每个人的等待都相当煎熬。若是他们都走下甲板，小小的船舱根本容不下这么多人。可如果他们都原地不动待在甲板上，海上浓重的雾气和夹杂的露珠会打湿他们的头发和脸庞，让他们浑身上下都变得湿漉漉的。玛格丽特蜷缩在舱口编织着毛线，她的脚盘在身子下面想靠体温取暖。为了帮大家御寒，她和多莉正在麻利地编织着连指手套和袜子。玛格丽特的编织技术相当了得，哪怕手指都冻僵了，她还是能紧握住四根骨针，在毛线间游刃有余地飞快穿梭着。芭迪和雅各布乖乖地坐在台阶上，他们短短的秀发上凝结着小水珠。而船长正在一旁教迦勒使用指南针，船长像唱歌一般不断地重复着那几个词，和甲板锚绳摩擦的声音，以及水花拍打船侧的声音欢快地融为一体。他在旁边喃喃发音："不，不，东；是，是，东。；是，是，东。"

一只海鸥低低地从海面上盘旋飞过，留下来一串尖细响亮的叫声。人们可以看到它闪闪发光、不停巡视的眼睛，和它紧贴着白色肚皮的橘黄色爪子。

艾拉走过来说："这是海鸥在觅食呢，我们最好也抓点鱼吃。"

玛格丽特在一旁补充道："这可是绝顶聪明的鸟，它们不必说'不，不，东'，就知道应该飞向何方。"她每当和艾拉叔叔待在一起时，总是感觉很自在。

艾拉朝她笑了笑，古铜色的脸庞上露出了洁白的牙齿。

"你说得对，哪怕人们洞悉了世间的一切，恐怕也没有鸟儿聪明。"他感叹道。

男人们又开始到甲板上去钓黑线鳕和带斑点的鳕鱼了，而多莉点燃了炉火，坐在那里烤鱼，一群孩子相偎在炉子旁取暖。孩子们给这只小黄狗起名叫"南瓜"，因为它的毛色和南瓜一模一样。它每天在船上来回溜达着，接住孩子们好心喂给它的零食。它似乎已经成为"伊丽莎白号"这个大家庭里的一分子了，它的每一个眼神、每一个动作都镌刻在这个航海冒险的景色里了，他们也是如此。

当"南瓜"舔着贝基的手时，贝基快活地呼喊着："它的舌头多柔软！"

"是吧，可是艾拉叔叔，你能告诉我为什么狗的舌头这么柔软，猫的舌头却那么粗糙吗？"苏珊仰起头好奇地问道。

"我要是知道的话，便比"荒野智者"还聪明博学啦！"艾拉叔叔在一旁打趣道，"对了，乔尔，你还记得他们在家时常常唱的那首老歌吗？"

荒野智者问我说：

"海里草莓多不多？"

我便这样回答他：

"林间鲱鱼一般多。"

"哈，你就记得这些幼稚的歌词，别的全都不记得啦。"乔尔朝艾拉叔叔耸了耸肩。

但孩子们却很喜欢这些旋律，他们随着艾拉重复了几遍便记住了。玛格丽特更是暗自记下它，当作珍宝。

第二天清晨，浓浓的雾气终于散去。他们又迎来了阳光明媚、天空湛蓝的一天。他们开始航海起程，海风仍然朝东吹，行船小心翼翼地贴着岸边前进着。孩子们更是神采奕奕地望着眼前的新景象——许多岛屿和蜿蜒美丽的海峡。他们的船越来越接近目的地，乔尔也仿佛重获新生般，神情愉悦极了。

空气中仍飘浮着一些雾气，海天交接处一片白茫茫的景象。玛格丽特站在船栏旁望着外面的世界。突然，她的眼睛闪耀出新奇的光芒，一座神奇的山浮现在海面上，就像一个若隐若现的蓝色怪物似的游荡在东北方的陆地上。如今，出现在"伊丽莎白号"面前的是满眼的绿意和黄褐色，显得格外神秘壮观。玛格丽特看着船外稀奇的新景象，心脏也激动得扑通扑通地直跳。

船长指了指航海图说："看，这就是图纸上标注的一片，叫作荒漠山。"

"l-s-l-e d-e-s M-o-n-t-s，"迦勒随口把名字拼了出来，"D-e-s-e-r-t-s，这么美妙的岛屿为什么会有这么奇怪的名字？"

"因为从前有一个尚普兰的法国人，当他第一次航海来到这里时，看到了这座山，那时候这座山还是光秃秃的不毛之地，但是山峰高耸入云。于是，他在地图上标出这座山，起名叫作荒漠山。如今，它看起来一片靛蓝色，不过靠近看的话，它的景色就不是这样的了。我以前来过这儿，它是一个令人神往的地方。"

"太好了，我们能从家里望到这儿呢。弗林特曾经告诉过我，在这附近可是找不到更好的景色了。"乔尔有些得意地对多莉说。

此时玛格丽特热泪盈眶，但她庆幸迦勒没有看到她的眼泪。当她看到眼前这靛蓝色的山峰如此高耸美妙，而它的名字又被赋予了另外一层特殊的含义时，对她来说更是感觉与众不同。要是皮尔斯叔叔和奶奶知道了这些，也一定会很愉悦欣慰的。因为在这个林木缠绕、乱石丛生、岛屿环绕的辽阔国度，居然还有一座拥有法国名字的秀丽山峰陪伴着她。

"伊丽莎白号"依旧在大海上航行着，距离新家也越来越近了，此时萨金特一家显得格外兴奋。迦勒和艾拉按照船长的指示转动船帆，松紧绳索。而乔尔在一旁急切地从粗劣图纸上标出他们所经过的岛屿和海湾，并仔细对比着。如今，所有人都感到一种莫名的紧张，连船上的动物都是如此，它们把头转向海岸，缓缓地喘着粗气。

乔尔在一旁提醒着大家："我们只要再经过两个海湾就可以看到了，它们都很小，东边的那个叫老马礁，那边较小的一对叫姐妹礁，而较大的那个叫星期天岛，乔丹一家都住在这里，我猜我看到的那个房子和空地会是我们最近的邻居。"

"快看，他们家的烟囱还升起了灰色的炊烟呢！"苏珊愉快地喊道。

多莉搂紧了怀里的孩子们，说道："这样美妙的时刻真是值得纪念啊！"

玛格丽特看到她兴奋得涨红了脸颊，为了能更清楚地看前方，她又把头上的小软帽向后挪了挪。这时芭迪和雅各布也凑了过来，紧紧地拉着玛格丽特的手。

"麦琪，我们的房子在那边，你猜一猜是哪座。"芭迪笑着说。

"那边是我们的房子！"雅各布指着岸上茂密的森林，重复道。

乔尔说："你们看那里有一个小海湾，还有一个很适合行船抛锚的海滩。那边是广阔的空地，那边是茂密的云杉，我们的房子应该就是在那里了。就在那离岸边一百五十码左右的地方，我们很快就能看到它了。"

"伊丽莎白号"在大海上寻找着最终的目的地时，船上的人都神情紧张，沉默不语。海浪拍打着不远处陡峭的崖壁，发出低沉轻缓的轰鸣声。海鸥飞过蜿蜒秀丽的海港，留下一阵尖细的鸣叫声。除此之外，四周依然一片寂静，鸦雀无声。

玛格丽特紧紧地扯着亚麻裙子，她的心七上八下地跳动着。她和孩子们手牵手站在甲板上，迫切地望着前方。突然，她的神情有些迷离，难道不是这里吗？就像乔尔所描述的样子，有海湾，有沙滩，一旁是空地，一旁是云杉，还有一条从水边通往房子的小径——可是她根本看不到房子的存在。那里只是一片冷清空旷的绿草地，在阳光的照耀下蓬勃生长着。

大家都一言不发地站在那里，乔尔怔怔地望着前方，任地图在他指间拍打着，艾拉和雅各布也面面相觑地站在原地。多莉和其他孩子也都惊慌失措地瞪大了眼睛。

"在哪呢？我们的房子在哪里呀？"还是雅各布先打破了沉寂，大声尖叫着。

多莉僵硬地站在那里，声音颤抖地说道："天知道！"

接下来他们度过的几个小时是相当漫长和难挨的，玛格丽特永远也不会忘记这个黑暗笼罩的下午，这种阴霾和压抑感甚至比昨天弥漫在他们眼前的冰冷厚重的水雾更沉重。多莉一言不发地坐在那里，满是忧愁的面容看上去似乎更苍老了。乔尔神情严肃地来回走着，他古铜色的脸僵硬得像是一块花岗岩。艾拉赶紧把惊慌难过的孩子们和玛格丽特接过去，却也不知道怎么安慰他们。太阳逐渐从茂密的杉木林中消失了，但他们依旧束手无策地呆立在那里，一直神情悲伤地望着这里小径尽头的黑色废墟。"这里应该是有房子的，弗林特说过，这里的许多烟囱还是用海滩的岩石做的。"乔尔仍不甘心地重复着这几句，可是现实还是老样子，根本无济于事。

"够了！不要再提他了！当初就是他骗你买下地契的，我早就告诉过你我不赞成，我有不祥的预感，可你却非要一意孤行。现在好了，你把我长途跋涉带到了这么一个鬼地方，我头上连个屋顶都没有！"多莉悲愤交加，歇斯底里地朝乔尔爆发了。

"不要太难过，多莉。我会给你建造一座房子的。只要有斧头和树木，我很快就能建成。"乔尔面带愧疚地安慰着妻子。

还未等多莉回答，水上就传来了招呼声。他们看到两个男子乘着小船靠近了海湾。"南瓜"在一旁狂吠着奔向他们，其他人也紧跟着追了过去。玛格丽特抱着小婴儿黛比走在最后面，孩子们扯着她的衣服。前方有一个陌生男人，他和艾拉年龄相近，方脸黝黑，身体健壮，还有一个长着花白的头发、驼着背的男人站在那里。他们正在那里和其他人交涉着什么，玛格丽特在远处望着他们肃穆的神情就知道他们所交谈的一定是重要的大事。当她只距离他们几码时，忽然清楚地听到了一个触目惊心的词：印第安人。

原来眼前这两个人正是赛斯和他的儿子伊桑·乔丹，他们来自星期天岛。但不幸的是，他们为大家带来了令人难过的消息。由于塔拉廷人对东边和加拿大的进攻越来越肆意频繁，弗林特和当地的居民最终忍无可忍，只好逃离此地，搬去了安全地带。其实当弗林特离开时，那些过去整齐宽敞的房子都还在。只是后来印第安人又放火将这里烧成了一片废墟。今年春天，起初他们还在这里举行了好几天宗教仪式，可是祸不单行，又有两名居民遇难了。他们承认弗林特没有把这里的情况一五一十地告诉乔尔。沿着这条海岸线附近的一切居所其实都是危险丛生的，而弗林特家更是不幸。或许是和宗教情结有关，印第安人对这片土地总是情有独钟地来回出入。尤其是每年暮春时节，他们都会怒火旺盛地回到这里袭击白人们。

"而这一切都是附近的一个人讲述给我们的，他曾在加拿大当过俘虏，懂得一些印第安人的语言。"伊桑继续解释说，"这个地方被人们称为'帕萨吉维克吉'，其含义就是'幽灵鬼魂出没的地方'，这可能就是他们仇视有人居住在此的原因吧。"

"没错，那的确是个不祥的名字。在这里居住危险重重，但我却很乐意帮助你们，你们跟我搬到岛上入住吧，那儿更安全，"老乔丹殷勤地伸出了援助之手。

"可我不想离开这里，我已经买下了这块地，我想待在这里，不管有没有印第安人。"乔尔低声说道。

"可是并不是只有你一个人有危险，想想剩下的人，你没权利替他们做决定。"老乔丹好心而理智地提醒他。

后来他们又聊起了很多话题，但气氛却格外诡异肃穆，似乎印第安人此刻就躲在丛林里一般。当他们回到小船上时，老乔丹转过身对多莉说："我的姑妈海普莎和我们一起在岛上居住，她老人家虽然七八十岁了，却身体硬朗，头脑清醒，若是你去拜访她，她一定会很高兴的。"

于是他们又在船上度过了一个晚上，多莉和男人们谈了很长时间的话。玛格丽特早已精疲力竭地沉沉睡去了，根本无暇顾及他们谈话的内容。她望着黑夜中海上微弱闪烁的光芒，想借此看清远处的那座山峰。多么奇怪，她竟如此热衷于那座带有法国名字的陡峭山峰。第二天清晨，当她睡眼惺忪地从船舱里爬出来，看到那座秀丽蜿蜒的山峰时，忍不住会心一笑。她甚至在心里兴奋地和它打了个招呼："早安哦。"

男人们已经早早地跑到树林里干活去了。那里有很多高大茂密的树木，十分适合盖房子。艾拉和乔尔吃力地用十字刀锯和斧头砍木头，迦勒和船长也在一旁帮他们，他们锯木

头的清脆声响和几句谈话声清晰可闻。不一会儿，他们实在精疲力竭，体力不支了。他们回到了船上匆匆地吃了些布丁填饱肚子，又在船上休息了一会儿。乔尔一直面色严肃地坐在那里，沉默不语，孩子们也都不敢靠近他。很快，他们就关于如何让牲畜们上岸商量出一个简单有效的对策，那就是把它们从船上倾倒出来，让它们自己游到岸上。

"放心吧，这些牛很强壮，羊也会紧跟上。它们肯定都会笔直地游到岸上的。"船长胸有成竹地对大家说。

于是船长和乔尔接着回去伐木，多莉、玛格丽特和孩子们乘着小船上岸，迦勒和艾拉则负责牲畜。这件事并非像想象得那么轻巧。玛格丽特和孩子们坐在海滩的巨大岩石上，看着迦勒和艾拉用九牛二虎之力终于把它们都拉到了海里。那些羊都拼命地挣扎着，但好歹还能控制得住。可是奶牛老布林多就十分棘手了。他们要先把羊都放进海里，让它们勇敢坚强地游向岸边。而玛格丽特和双胞胎姐妹在岸上大费周折地折腾了许久才把这些湿漉漉的羊都拴在木桩上。艾拉和迦勒面对着硕大的奶牛不知该怎么办，于是他们先将小牛扔到海里，不出预料，奶牛果然也扑通一声轻易下水了。可是糟糕的是，小牛居然游向了岸边的反方向，而奶牛在海里也方寸大乱了，再加上它已经挣扎得晕头转向了，于是它也跟着小牛走向了星期天岛和海岸中间的海峡。

而刚刚大家都忽视的问题是，此时正好是退潮时间，潮水又极其迅猛。于是还没等人们反应过来，牛和船之间已经横起了一道极其宽阔的水流。虽然海水冰冷无情，但它们依旧拼命地游着。而且糟糕的是，当初把它们扔下海时，停泊在岸边的一艘小渔船被牛踢翻了，船桨也被弄散了。当艾拉拽着绳子好不容易把船从海水里翻过来时，布林多和小牛已经越漂越远了。

"天哪！它们会淹死的！"双胞胎姐妹惊慌地叫了起来。

多莉呆呆地坐在那里，她望着牲畜们，感到非常绝望，已经说不出话来了。

玛格丽特甚至连自己是如何登上小船的都不知道，她肯定是先跑过了海滩，因为她脸上被飞起的卵石击中的地方还隐隐作痛。她很久不曾碰过船桨了，可是这次她居然站在船尾，毫不犹豫地抓起船桨，迅速把船推下海。小船开始还在岸上嘎吱作响，最终滑到了大海里。她顾不得去听岸上和船上的人们对她的呼喊声，她只是拼命地划动着桨，时不时地甩甩她黄褐色的头发。

"上帝啊！我要救活它们！我一定得救活它们！"她咬紧牙关拼命地坚持着，用英法混合的声音喃喃自语着。

可是她已经没有时间祈祷了，眼下的情形刻不容缓，她竭尽全力地划着桨，她在想浪潮说不定可以帮助她，但也许又会让小牛们漂浮得更远。她吃力地攥着船桨，船桨可能只适合男人的大手，她棕色的小手实在有些受不了。她裸露着的双脚抵着一个木楔，她的脚趾被压得生疼。她早已累得汗流浃背，脸颊和嘴唇都滴着汗，却依旧不屈不挠地划着船桨。

此时她仿佛看到那两头牛的踪影了，但她又开始担心：如果那两头牛都体力不支，没有力气游泳了，要是我没在它们沉入冰冷的大海中找到它们该怎么办？于是她更拼命地划动着船前行，过了好一会儿，终于，她清楚地看到了老布林多和小牛。它们的头吃力地浮在水面上，惊恐地望着她。她并没有绳子能够套住它们，于是她冒险地决定要试着把它们引到距离这里四分之一英里的星期天岛。如果它们还是继续游向外面开阔无垠的海域，那么她也无计可施了。她努力地将船靠近它们，甚至用船桨拍了拍小牛的头。

小牛此时已经快没有力气了，老布林多也游得极其缓慢了。

"快过来！这里，牛儿！"她尽量模仿着迦勒唤牛的方式，声嘶力竭地呼喊着。她把船头转向了星期天岛，过了很久，两头牛终于跟过来了。她终于如释重负地松了一口气，她只要把牛引到安全的浅水区就可以了，艾拉和迦勒划着小渔船很快就能赶到这里来。突然间，她回头望到小海湾上的一片陆地，她从未见过如此青翠秀丽的草地，它们是那样的令人愉快。

玛格丽特注视着老布林多棕色的牛背浮出水面，它的双脚终于可以触地了。而小牛摇摇晃晃地跟在后面，疲惫不堪。

"哦，我的上帝！我终于做到了！"她累得直接瘫倒在船桨旁。

她疲惫地躺在那里，只感到头晕耳鸣，四肢虚弱无力，她恍惚中记得，艾拉叔叔站在冰冷的海水里把小船拉回了岸边。

她神情憔悴地问艾拉叔叔："那些牛儿还好吧？"艾拉把她抱起来，放在一堆干燥的海藻上。

"嗯，它们很好。我真的没想到你这么勇敢坚强。你先在这里好好休息一下吧。"艾拉回答她。

她听话地闭上了眼睛，明媚的阳光照在她的脸上，她的心跳也逐渐平稳下来。

她在睡梦中听到迦勒喊着："牛儿，快过来！——牛儿，快过来！"潮水冲刷着岸上的卵石，或许如果没有肩膀和背部的疼痛感，她一定会睡得格外香甜。

突然间，她听到了一个女人的讲话声，高亢明亮、活泼悦耳，就像鸟儿的婉转鸣叫。

"天哪！我真是没有想到。要是知道有客人来我这儿拜访，我一定会提前出来迎接的。"

玛格丽特好奇地睁开眼睛，看到了一个小个子的老奶奶走了过来。她看起来有些奇怪，就像是被印花棉布包起来的苹果树。她瘦小的身子弯了下来，脸上的皱纹如沟壑般密密麻麻的，一双黑亮灵动的眼睛，正盯着玛格丽特看。

玛格丽特看到她灰白的头发被分到两边，脑袋有些古怪地歪着。"天哪，你不会是印第安人吧？"她听见老奶奶好奇地问着她。

她虚弱地朝老人家笑了笑。"她是法国人，但是也差不了多少。"迦勒在旁边笑着插嘴道。

"这可是新鲜事哈！"她布满皱纹的脸上露出了亲切和蔼的笑容，"但你刚才追了那两个可恶的家伙那么久，我猜你肯定想吃刚出炉的面包和新鲜的牛奶。我看到你朝我家赶过来，就立刻出来迎接了。"

此时，玛格丽特已经不知不觉地跟着老奶奶走在一条小路上了，她感到全身疼痛，头晕目眩，不过如果老奶奶此刻要带她去攀岩，估计她也会去的。

老奶奶一路领着他们走向房子。"我叫海普莎·乔丹，是赛斯的姑妈，伊桑的姑奶，估计他们早就向你们提过我。"老奶奶边走边说。

她穿着印花裙子，脚下蹬着自制的牛皮拖鞋，走路带风，裙摆在脚踝处飘舞着。她们家房子的宽木板由于风化，所以有些发灰了。库房和小棚子就在房子旁边。玛格丽特觉得那像是一只母山羊带着它的小羊们。当她看到花园里竞相怒放的花朵时，简直激动得说不出话来了。这里不仅有盛开的康乃馨、向日葵、爬蔓的牵牛花，还有肉桂色的玫瑰花丛，能够在这个遥远陌生的地方看到这些美丽得令人窒息的花朵，这真是堪称奇迹！玛格丽特对花园中的花赞不绝口、惊叹不已，说得老奶奶心花怒放，开心极了。

看到玛格丽特惊讶地望着那片玫瑰，老奶奶笑着在旁边补充道："要不是我种了这么一大片花，我甚至都不知道自己住在这里的意义。这花枝可是我从波士顿带过来的，赛斯曾和我打赌说这些花养不活，不过我却信心十足地告诉他，想让玫瑰活不了，难着呢。"

艾拉在一旁笑道："就像某些人，对吗？"

"如果你说的是我，那你就真的说对了。"老奶奶爽朗地回答说，"当初我和赛斯来到这里时，我已经七十三岁了。但自那之后，我从来都没生过病。我的手纺车和织布机就放在那个棚子里，每次剪完羊毛后，我就坐在那里染色、织布，这些事我可是做得十分得心应手、炉火纯青了。只可惜没有人帮我打理家务，不然我就能专心地做这些喜欢的事情啦。我还时常劝赛斯说，他该讨个老婆啦。"

在那个晴朗的午后，他们坐在厨房里沐浴着阳光，用青灰色的大杯子喝着牛奶，吃着从砖灶上刚拿下来的热乎乎的玉米面包，畅谈了许多事情。海普莎告诉他们说，那个杯子还是她母亲从苏格兰带过来的。比起这宽敞明亮的厨房和香甜诱人的食物，玛格丽特更喜欢听老奶奶讲述她和邻居们之间生动有趣的故事。

老奶奶说："赛斯曾经告诉我，你们带了一群活泼可爱的小孩子过来。我说他要是也有几个孩子就好啦。伊莉莎和山姆·斯坦利已经有三个孩子了，他们住在西边，要走大半天水路才能到他们的住处。而玛丽·简和摩西·海勒姆是一对年轻的夫妇，他们带着一岁的小宝宝住在海豹湾。每年春天当印第安人来这里作恶侵犯时，她们都会来这里和我住一段时间。而威尔斯住在你们东边的不远处，他们家有四口人，汉娜、南森、阿比盖尔和蒂莫西，阿比她很聪明伶俐，今年也快十八了吧。"

"到了出嫁的年龄了？"艾拉笑着问道。

老奶奶点了点头，似乎知道些什么，接着她说："这事你最好问问伊桑，他一有空就去找阿比，他声称是去看那些老人家的，而事实才不是这样呢。提姆很勤劳能干，讲话也很风趣，只可惜他是斜眼——'出生在一星期的中间，向两边看着星期天。'我妈妈常常这么说他。"

屋子里的人听了都笑得前仰后合，厨房里的气氛温馨愉悦。玛格丽特安静地坐在那里，只觉得此刻幸福得无法自拔，甚至听不太进去艾拉和老奶奶的讲话了。自从奶奶和皮尔斯叔叔去世后，在这个世界上便只留下她一个人了，她很久未曾体会过这种久违的感受。那是一种说不清，道不明的感觉，她只知道那很温暖，很美好。从一个青灰色盛牛奶的大杯子，到一面灰色斑驳的墙壁，还有和她横跨勒阿弗尔水面落下的那些美好花朵，还有这位眼睛清澈明亮的老奶奶。她热情好客，一边给大家讲有趣的故事，一边咔嗒咔嗒地摆弄着手里的毛衣针。

欢乐的时光总是过得如此飞快，马上就要到了该说再见的时候了。伊桑和赛斯从森林里回来时听说了两头牛的故事，他们主动提出要帮艾拉把那两头牛运过海峡。很明显，他们还是不赞成萨金特一家住在那个海角上。玛格丽特起身走出门时，轻轻地叹了一口气。当她快走到门口时，海普莎突然对艾拉说："今晚就让这个小姑娘睡在这里吧，她追那两头牛那么久，肯定已经精疲力竭了，明天伊桑会把她送回去的。"

听了这话，玛格丽特紧张地握着自己的手，她不想表现出太过强烈的渴望。她敢肯定如果是多莉和乔尔在这里，肯定会直接婉拒的。迦勒已经提前出门了，没听到这些话，而此刻艾拉叔叔应该不会直接反对吧。没想到的是艾拉叔叔直接爽快地答应了，玛格丽特兴奋得差点没跳起来。

她和老奶奶站在门口，目送着人们和那两头牛缓缓归去。突然老奶奶转过头对她说："你还是像别人那样，叫我海普莎姨妈吧。我不会难为你的，更不会在意你的身份是女佣还是什么，我全都不在乎，我只觉得你是一个既聪明又懂事的好姑娘。"

听了这话，玛格丽特蓦地脸红了。她突然开始注意到自己破烂的形象，衣服前襟有一个大口子，她的头发乱得像一团鸡窝，她的身体也好几天没洗了，总之看上去一片狼藉。老奶奶似乎猜中了她的心思，什么也没说，直接把她带回房子里，穿过长长的走廊，进入了一个房间里。玛格丽特被眼前的景象震惊了，这间屋子里有一张静美秀丽的樱桃木床，上面铺着精致的床单和拼接被子。明亮的玻璃窗下，摆着一张矮椅子，旁边放着针线篮子和碎布包。

老奶奶颇为骄傲地对她说："这就是我的卧室。很多人都想把这间房间变成客房，不过赛斯希望我能住上最好的。当初我结婚时就有了这张床，而被子里面柔软的羊毛都是我自己装进去的。如果你现在想去沐浴的话，就用这条毛巾吧，香皂在带有盖子的小碟子里，而木桶里的热水已经放好了。"说着，老奶奶递给她一条质地柔软的有鸟眼图案的厚毛巾。

此时浴室里只剩下玛格丽特独自一人，她迅速脱去身上的衣衫，先在一块灯芯绒席子上用清水和香皂清洗自己。香皂的气息极其芬芳好闻，木桶里的水不那么热，但是却令人感到惬意舒畅。她最后冲洗干净身上的泡沫，用厚毛巾擦干自己的身体时，仿若重获新生。仿佛她一并洗去的还有这些日子以来所遭受的艰辛、酸楚和疼痛。她自己编起了辫子，唱起了皮尔斯叔叔曾教给她的好听的歌——《在阿维尼翁桥上》：

跳舞吧，跳舞吧，

在阿维尼翁桥上，

快转起圈跳舞吧。

再次换上她的旧亚麻衣服时，她感到有点遗憾。"好可惜，洗完澡没能换上干净的衣服。"她自己嘀咕着，"不过也对，奶奶曾说过，你不可能拥有全世界。"

当倒掉脏水，把屋子打扫整洁后，玛格丽特就跑去找海普莎姨妈。此时老奶奶正在织棚里，她正将身子俯向一个大铁桶，旁边堆着刚剪下来的羊毛和一些染过颜色的羊毛，在那边还摆着纺车、占了足足一半空间的被架、卷轴和木织机。

海普莎姨妈弯着腰，用一根结实的木棍在桶里来回搅拌着。"如果你要染色的话，要像我这样每天来回搅拌两次。真不知什么时候才能把那些羊毛都染完，再把它们做成真正的衣服。"

温暖和煦的午后阳光透过门口照进来，为一条红色的绚丽纱线镀上了一层金色。玛格丽特惊奇地望着海普莎姨妈，她在法国时也曾见过一些织工和花边制造者，但她却从未见过这样一个瘦小古怪的老太太在这样一个静美的房间里专心搅拌着染缸。

"哦，要不是她这么和蔼亲切，我恐怕会把她当成是会法术的巫师的。"她想。

老奶奶走过来对她说："我们一会儿去草坡怎么样？我一直都想摘一篮子月桂枝，我想用它们做成黄色染料块。其实我还需要其他叶子，混合在棕色染料里，为伊桑做件冬衣。"

于是她们走在一条羊肠小路上，这里岩石散落，云杉茂盛，前方就是一片开阔辽远的绿油油的草地。她们在这里看见了灰色的岩石和白色的山羊，恍惚听到了远处树丛中公羊脖子上挂的铃铛声，海水拍打礁石的温柔声音也是不绝于耳。

"这个岛屿真的好美啊！没想到还这么大。"玛格丽特说道。

"是的，这里的确很美。就是在十年前的一个星期天，我们一家人搬到这里，这也是它被如此命名的缘由。当初伊桑和赛斯在森林里伐木开路时，他们走遍了整个岛屿，我却从来没有离开过这座房子太远。如今我真的很喜欢这房子，如果我有个像你这么大的孩子的话，我应该也会出去到处去散散心。"

玛格丽特有些羞涩地问她："难道你从来没有过自己的孩子吗？"

"曾经有过两个孩子，可是他们都因为热病离开人世了，我和丈夫一起埋葬了我们的孩子。但后来我帮赛斯带大了伊桑，因此他现在就像我自己的亲生孩子一样。"

她们两个人又来到了草地处，这里的月桂树生长得极其茂盛，需要拨开树丛才能从森林中穿过去。被折断的树枝散发着惬意而浓烈的清香，玛格丽特在阳光下贪婪地嗅着这味道，似乎已经沉醉于此。她刚刚沐浴过，又在温暖的阳光下走着山路，她觉得整个人都活力充沛，身子轻盈敏捷。她看到了院子里的那一片色彩斑斓的娇艳花朵，她看到了乔丹家房子上升起的袅袅炊烟，她看到了海峡那边萨金特家的小海湾，"伊丽莎白号"安静地停靠在那里，还有东边的许多岛屿，还有那座靛蓝色的崎岖山峰，看着眼前这些异彩纷呈的景色，玛格丽特觉得满足极了。"原来我也属于这片山川，这片天空，原来我也是美好和奇迹的一部分啊！"她感受到了一种说不出的自在快活。

虽然玛格丽特原地不动地站在月桂树林里，虽然她此刻置身在这个星期天岛，但她心中的某些东西早已飞过了荒漠山，飞过了岛屿，飞到了大海的另一端，那个她已经离开的世界里。

海普莎用手遮挡着阳光，目光宁静地望着海岸线。

她感慨道："常常到这里来，对身体健康也是大有裨益的！有些人每天只守在炉灶旁，连黎明来临和太阳落山了他们都不知道。他们更不可能知道这里。孩子，你拿着篮子帮我摘点上面的树枝，以后再摘叶子。我还打算再摘些毛蕊叶子，毛蕊叶子煮牛奶可是包治百病呢！"

玛格丽特一边从树上摘下清香弥漫的叶子，一边哼起了欢乐的歌。有只羊时而被她的歌声吸引，咩咩地来到她身边，时而又走开了，时而呆呆地站在原地，用晶莹的黑色眼睛望着她。当她把篮子里的树叶装满后，就兴高采烈地去找海普莎姨妈了。她看到海普莎姨妈包着头巾的头和瘦小的身体俯身在一块光秃秃的大石头旁。她正在观察着那些低矮的灌木丛缝隙中生长出来的深粉色的娇艳花朵。

老奶奶转过身来，告诉玛格丽特："这就是狭叶山月桂。它们的生长环境并不好，但开花时却美得惊艳。我还听说这里的人们叫它'卡利柯'，他们还传唱着关于它的歌谣呢。"

要不是海普莎姨妈说时间太晚她们该回家了，玛格丽特当时真的很想听听那首歌谣。但是海普莎姨妈说如果晚餐后赛斯愿意演奏小提琴，她就会把歌谣唱给她听。在她们回去的路上，玛格丽特打开了话匣子，她说到了勒阿弗尔，说到了奶奶和皮尔斯叔叔，说到修道院的修女们交给她刺绣，她谈论了许多关于自己的事情。

"真是可惜，在这里你那么好的缝纫手艺却没有用武之地。"奶奶安慰她说，"这里的新布价格像白银那么贵，年轻人也大多都是衣衫褴褛的。不过从我见到你的第一眼开始，我就知道你生在一个有教养的家庭里，知书达理，还坚强无畏，你小小年纪受过那么多苦都挺过来了，以后肯定会更加坚强而勇敢的。"

老奶奶在穿越树林时看到了几朵晚开的凤仙花，把它们也摘下来了，和毛蕊叶子放在一起。"它们煮成的茶水能够缓解人的焦虑紧张。"老奶奶解释道。玛格丽特听了之后，不禁对老奶奶的渊博知识敬佩不已。

老奶奶又接着给她讲道："几乎每一种病都有一种药草可以医治。而且我要替印第安人说句公道话，他们懂的有关植物的知识可比大多数药剂师和医生都多得多。"

玛格丽特望着厨房里的景象，灶台里的炉火熊熊燃烧，烛台上的火光摇曳不定，这里有自家酿制的月桂果酒，轻啜一小口，便令人感到无比芬芳醇香。她有点儿害怕伊桑和赛斯，因此显得有些沉默寡言。不过他们两人并没有注意到这些，他们正在和海普莎讲乔尔一意孤行，执意要住在那个海角。

"唉！他们真是顽固极了！连一英里也不愿意挪。"赛斯抱怨道，"他们还非要在那里伐木建房，连傻瓜都知道，那些树木里面充满了浆，根本不适合做建筑木材。等到时候木头缩水了，看他们怎么办！可是我现在怎么好言相劝都是白费口舌啊！"

伊桑现在正计划着要不要和哈特船长一起乘"伊丽莎白号"回到朴次茅斯。他打算先和蒂莫西乘"伊丽莎白号"到那里，然后到时再乘带去的单桅帆船返回来。"我想一直到七月都会是好天气，到时候我们就可以带着储备，一路顺风地回来了。"

但赛斯却不赞同他的计划，不希望他在这个时候离开庄稼土地。他更担心伊桑在途中会不幸遇上印第安人。不过，他答应在哈特船长离开前会重新好好考虑这件事情。

海普莎说："伊桑，你要是真的去了，只要帮我带回一样东西就好——靛蓝。其他颜料我勉强能找到替代品，可是没有靛蓝，我就调不成蓝色了。"

伊桑笑着说："干吗非要蓝色染料，其他颜色不好吗？"

"对其他拼接布料来说是够用的，但是你知道的，我一直想用蓝色和浅黄色为自己做一床'迷人山脉'的被子。"

"好的，既然如此，就算挨家挨户讨要，我也一定帮你带回来一包靛蓝。"伊桑语气温和地笑着说。他得笑容与他浓厚的眉毛和宽大的脸庞极为相称。其实玛格丽特也很喜欢他，不过不及喜欢艾拉那样。过了一会儿，在海普莎的提议下，赛斯掏出了小提琴，拨弄着琴弦，玛格丽特兴奋得屏住了呼吸，静静地听着。自从皮尔斯叔叔的琴沉入大海后，她再也没有听过小提琴美妙的声音。如今，她在这个遥远而陌生，还时常有可怕的印第安人侵犯的地方，竟又听到了久违的琴声，真是不可思议。不过赛斯的琴技不似皮尔斯叔叔那样好，琴弦还少了一根。但是无论是如何的旋律，对玛格丽特来说都如天籁一般纯净美好。而这首歌就像那些讲述枯萎、凋零的爱情故事那般凄美动人。

赛斯一边调弦，一边对玛格丽特说："海普莎姑奶年轻时有一副相当美妙的歌喉，除了《月桂精灵》外，她还会唱好多歌呢。"

老奶奶郑重地把手叠在膝盖上，开始唱了起来。虽然偶尔在高音处会微微带着颤抖，但她的歌声依然甜美灵动。她甚至从没因忘词而稍作停顿。玛格丽特也聆听得格外入神，生怕遗漏下一些她不熟悉的英文单词。

卡利柯啊，印着嫩枝的卡利柯，

朱迪，她是我的爱人，她真让我伤心！

为了穿上卡利柯嫁衣，

我一定要奔向朴次茅斯，

饱含风霜的二十四英里路。

卡利柯啊，印着嫩枝的卡利柯！

哦，朱迪，你要我何时出发？

待我走过漫漫长路，朔风呼啸，

牧师会让我们为爱起誓，我坚信。

衣衫褴褛仿佛也穿上了卡利柯，

可是她摇摇头，不让我说"不"，

她的心里还在想着卡利柯啊。

卡利柯啊，印着嫩枝的卡利柯。

当她俯身在炉火旁缝补衣衫，

我却在黑夜里起程，因为我爱她。

我不愿黑眼乔占有她，我不愿失去她。

一切都只是为了卡利柯啊。

卡利柯啊，印着嫩枝的卡利柯。

夜风彻骨，雨雪霏霏，

我彷徨着，不知所至，

阴霾笼罩，光明无期。

卡利柯啊，印着嫩枝的卡利柯！

我在月桂树旁入眠，

风声太大，白雪太厚，我已无力挣扎。

"哦，朱迪啊，"我在冰雪里失声哭泣，

"我恨我们的爱和卡利柯啊！"

卡利柯啊，印着嫩枝的卡利柯！

春天复苏，人们才发现我，

我已凋零，形同枯草，

我的朱迪在树前伤心落泪，

"啊，残忍的骄傲，将他击倒。

我们的真爱逝去，只是为了卡利柯！

卡利柯啊，印着嫩枝的卡利柯！

姑娘们啊，当你们路过这片月桂树时，

请聆听这古老凄然的故事，

不要因一时浮华让爱情消陨，

还去责怪那印着嫩枝的卡利柯。

卡利柯啊，印着嫩枝的卡利柯！"

当海普莎姨妈动情地唱完这首古老的歌时，房间里一片寂静。直到伊桑起身去楼上的房间，才打破了屋里的沉寂。

他嘟囔道："那个人就是一个大傻瓜，在那么冷的夜里出去，被冻死也是活该。"

"可是他却那么深爱着她，这真是一首悲伤的歌谣。"玛格丽特有些难过地感慨道。

"唉，我的嗓音已经没法和年轻时候比了。它就像我的羊绒围巾一样，越来越单薄。好了，我们去睡觉吧，孩子。"

玛格丽特跟着海普莎姨妈来到卧室，她爬上她张明净素雅的大床，迅速钻进被窝里，在老奶奶身边幸福地入眠了。她的脑海中浮现着各种奇异美好的事物，有小岛、汪洋、山间的树叶草药、染色的羊毛，还有那悲伤缠绵的歌谣。

第二天早晨，玛格丽特就要离开这里了。尽管她对老奶奶的道谢说得有些扭捏，而老奶奶的道别中也夹杂着些许拘谨不舍，但是她们两个人都能感觉到，她们之间已经有了一条彼此相连的纽带。

"再见啦，麦琪。"老奶奶站在门口不舍地朝她道别，"麦琪，只要你想，我随时都恭候你的到来。"

第二季　秋

艾拉每天用来记录时间的方法就是在门旁边的杆子上刻条线，九月的第一天已经开始了。但是，没有这个日期，玛格丽特看着即将竣工的木屋和将近成熟的玉米地，也明白这个夏天已经结束了。麒麟草和红浆果摇曳着，荒漠山山顶朦朦胧胧的雾霭，日夜不停鸣叫的蟋蟀，它们都告诉她夏日已尽。

他们回到了用云杉树枝搭建起来的临时庇护所，在睡觉前双胞胎姐妹告诉玛格丽特："蟋蟀为了能够发出声音就会不断地摩擦后腿。"

但是到了次日，他们就没有什么精力去探讨蟋蟀之类的事情了。因为这一天是个隆重的日子，是个他们期盼了多个星期的大节日。

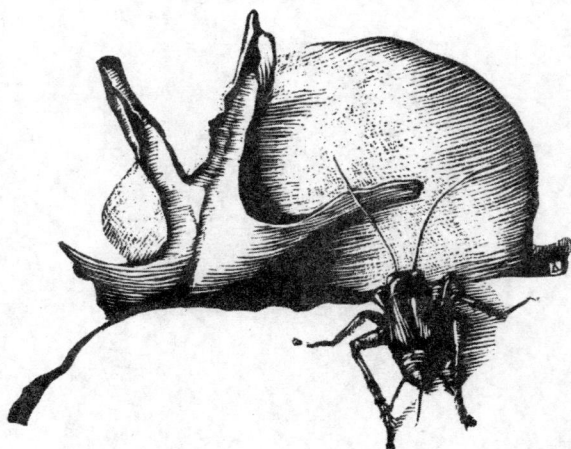

"太棒了，今天的天气最适合上梁，"在还没有完全迎出太阳时，多莉就声称，"真是太幸运了，看到昨天晚上的狂风暴雨还担心客人来不了了，我的心都快沉到底了。"

乔尔用火点着了由海滩上的小石子堆砌而成的炉灶，随后补充道："如果是这样的话，哈特船长又要把他的行程推迟了。"

玛格丽特和孩子们一样急切又喜悦地期待着这场活动的开始。她从来都没听说过有上梁这回事，迦勒也因此也表现出了更多的蔑视。

"如果大家都不干活，你觉得我们能在霜冻前搭建好屋顶吗？"他问道，"爸爸、艾拉和我，还有船长整个夏天都在忙碌地伐树，然后再拖到这里搭起来，我告诉你，你们这些女人对建房子压根一窍不通！"

不过玛格丽特从艾拉和小姑娘们那里知道了一些关于上梁的事情，她通过她所了解的事情推断，上梁好像是一种庆祝活动，就算一个人说的话或做的事也许不讨邻居们欢喜，但是一旦到了上梁的时候，他们都会过来帮忙。这不仅是一种责任，也是一个庆祝的借口。因此，四面八方的邻居们都会很快地过来帮忙——来自星期天岛的乔丹一家，西边的斯坦利一家，东边的威尔斯一家，还有海豹湾的摩西夫妇和他们的孩子。虽然"伊丽莎白号"还没有起程，但是这一天也已经足够有重大意义了，只是哈特船长说等上完梁他就要出海了，哈特船长已经两次计划着要出海了。起初是由于蒂莫西的手肿了所以耽搁了，其次是传闻说印第安人要来闹事。伊桑和蒂莫西想要一直跟着他到朴茨茅斯，因为那里不难找到从那边去波士顿的人。这两个年轻人已经被嘱托了很多事情——他们要用单桅帆船带回许多东西，包括食物、农具、布料，还有其他生活必需品。

"真希望他们能把手头上的活儿干完再走！"多莉幽幽地说。她一直在一旁忙着做饭和准备牛奶，她还准备了一些昨天和玛格丽特一起做的奶酪。

迦勒现在正在小渔船上钓鱼。时不时地可以看到他那橘色的头发在船舷附近晃动，他的手娴熟低操纵着鱼线。迦勒可是一个钓鱼能手。旁边那一长串的鳕鱼都是他钓的，他想要把这些鱼晒干留着冬天吃。我还记得海普莎曾说："迦勒这孩子前途不可限量，只是现在他既不是青草也不是干草，不要对他太过苛刻了。我敢打赌他肯定比斯坦利家的安德鲁聪明。"

玛格丽特和安德鲁素未谋面，但是她期待安德鲁能比迦勒对她和善点。她正和双胞胎姐妹在忙着拔几只野鸟的毛。那几只野鸟是船长和艾拉为了宴会捕回来的，还有雅各布和芭迪正忙着采一些用来做装饰品的树枝和野果。黛比躺在一个放在苔藓地上的摇篮里，她在里面踢着腿，时不时发出咯咯的笑声。玛格丽特时常停下手头的活去晃晃摇篮，顺便看看孩子有没有把包裹着的围巾踢开。清凉的西北风吹过，使人感到凉爽而舒心。为了迎接上梁这个重大的日子，黛比穿上了平时都不穿的最好的棉布裙子，脱掉了那件经常穿的亚麻布衣服，她的小脸蛋被晒得跟其他大孩子一样黑了，而且她的头发在阳光的照射下也显得格外的白。

"我觉得，她肯定是参加这次上梁活动中年龄最小的人，"贝基说道，"但是如果摩西家的小孩被带过来的话，她就不是最小的了。"

"他们怎么会不把小孩子带过来呢？"苏珊口气有些轻蔑地说，"万一印第安人来了，孩子自己在家里那不就危险啦。"

"够了啊，今天谁都不许提什么印第安人。"多莉呵斥道。她正坐在粗木桌子旁边，搅拌着装在最大铁桶里的玉米面，"就算不想这个我也已经忙得昏头昏脑啦，况且，这一整个夏天印第安人都没出现过，你就别在这瞎操什么心了。"

多莉一想到客人们就快来了就非常开心。于是她穿上了平时舍不得穿的最好的印花布衣服，还换上了一条干净的头巾，又找来了几根蓝毛线，分别系在了玛格丽特的辫子上和双胞胎姐妹的黄头发上。

"我建议雅各布和芭迪把脏衣服脱下来换上干净的。"看到他们气喘吁吁地跑了回来，手里还捧着刚摘的红浆果，她无奈地叹了口气，他们的脸上和头发都被弄脏了，而且头发上还挂着小树枝和芒刺。"麦琪，你不用在这拔鸟毛了，其余的我来拔，你带他们俩去泉水边洗一洗吧。去之前记得从柜子里拿布、梳子，还有剪刀。我觉得他们头发上的那些芒刺得用剪刀才能处理掉。我可不想别人说三道四，还嘲笑我的孩子像是从草坡里抓过来的羊。"

这几个星期太忙了都没什么时间给这俩孩子梳洗，想让他们看起来干干净净、整整齐齐那可不容易。但是玛格丽特可不是那么容易就放弃的。

玛格丽特从泉水里舀了一瓢水，淋在了他们的手上和脸上，然后用粗糙的亚麻毛巾搓洗，可能是搓疼了，孩子们疯狂地反抗着。她说："要是有肥皂就好了，我就不会搓得这么狠了，你们也就不会这么疼了。"

"你轻点，你都快把我的皮给搓掉了！"芭迪大声地抗议着。

"还有我的鼻子也快要被搓掉了！"雅各布不满地插了一句，他的身子被搓得像泉水边的那棵糖槭一样红。

这俩孩子最难收拾的地方就是头发啦，头发上都是芒刺和小树枝，梳子都梳不动，最后她把它们给剪掉了，他们看起来更难看啦。

"天哪，"她大叫一声，然后就捧腹大笑，"你们的头发看起来真像被老鼠啃过一样，有点与众不同！"

玛格丽特看着孩子们跑到了大家中间觉得很庆幸，因为孩子们没有发现自己的模样很奇怪。她在泉水边驻足了一会儿，用泉水洗了洗脸，湿了湿头发。她忽然产生了一个奇怪的想法，因为日子过得艰苦而又漫长，她都快忘了自己原来的模样了，所以想看看自己现在变成什么样了。

她跪坐在泉水边的苔藓上，想要等着荡漾的泉水平静下来。突然糖槭上的一片叶子被风吹了下来，静静地躺在水面上，就像一团燃烧的火焰。当她注视着水里的自己时，那片火红的叶子就好像专门为她准备的一样，成了她头发上的发夹。她清楚地看到，那火红的叶子在她鹅蛋般的脸庞边上，跟她那又黑又亮的眼睛和洁白整齐的牙齿一样，好像已经成了她的一部分。她平静地看着水里的自己，有种说不上来的陌生感。那鼻子、嘴巴、尖尖的下巴，还有中分的头发，都让她感觉有些陌生，好像水里的不是自己，而是一个完全陌生的小女孩一样。这样的想法让她不禁打了个冷战，然后深吸了一口气，站了起来拍了拍身上的脏东西。对自己感到陌生是因为红叶的关系吗？她心里猜测着，别人是不是也会对自己感到陌生呢？

她向海滨走去，不由得加快了脚步，突然听到迦勒在海湾那里叫她。然后双胞胎姐妹兴奋地向她跑过来，并说客人们的船快到了。果不其然，海上出现了一只三角帆和一艘船，三角帆是从星期天岛方向驶过来的，而另一艘船是从东边的海角绕过来的。

"麦琪，客人们快要到了。"贝基大喊着。

"快点！"苏珊大叫着，并抓住了她的手，"我们去海边迎接他们吧。"

看到这么多人齐聚在这儿，说真的还挺稀奇呢。当客人们从船上下来时，玛格丽特悄悄地数着这四条船上一共有多少客人。一开始是从星期天岛来的三位客人。海普莎姨妈满脸都是皱纹，一笑就跟开了朵花儿似的。她手里还拎着一个篮子，里面装的是宴会要用的东西。然后是摩西一家——海

71

勒姆、玛丽·简，还有他们的孩子鲁宾。接下来是乘着小船从另一个方向赶过来的伊莉莎、山姆·斯坦利，还有他们的三个孩子，正在划桨的是山姆和头发杂乱的小安德鲁。最后来的是威尔斯一家，他们家坐着两条船来的，蒂莫西和他的妹妹是划着单桅帆船来的，而后头另一条船上坐着他们的父母，南森和汉娜。玛格丽特对客人阿比盖尔·威尔斯投去了好奇的目光，她想不仅自己这样，艾拉也是如此。因为他比伊桑抢先一步扶阿比上了岸。玛格丽特想，不对，海普莎阿姨对那女孩的吸引力没有完全形容出来。我看到的她是那么美丽大方，她穿的这身纯棉连衣裙，把她衬托得如卡利柯木绽放的深粉色花朵一样鲜艳美丽。她的脸蛋温和红润，那灰色的眼睛使她看起来很娴静，她留着分头并且头发是棕色的。她穿着把鞋带系在脚踝处的牛皮鞋，迈着轻盈的步伐，轻轻地踩过石头。看到她那美丽的衣服和洁白的针织袜子，玛格丽特像受到打击一样，怯生生的后退了几步，低头看了眼自己那赤裸的双脚和不称身、灰暗的亚麻布裙子，更加自卑了。这时，海普莎姨妈示意她过去。

"麦琪，这边。"她翻着她的布包，从里边拿出了一双袜子说，"天气快要变冷了，我觉得你肯定没有时间为自己织双袜子用来保暖，所以我给你带来了一双，你看看合不合脚。"

玛格丽特现在别提有多高兴了，她激动得双手都在颤抖。她接过袜子慢慢地展开，这双灰色的袜子针脚很细密，袜口处还有一圈红色花边，非常漂亮。

"啊，真是太感谢了！"她一高兴又蹦出了句法语，"它们太漂亮了，我很喜欢，可以穿上它们我感到很荣幸。"

"这没什么的，孩子，赶快收下它们吧。哦，对了，把这个篮子放到阴凉的地方吧，这里面的黄油可不能见到太阳，否则会熔化的。

本来玛格丽特是想要和其他女人们一起，烤烤野鸟，准备食物，可是她被叫去照看孩子们了。

"玛格丽特，让孩子们离男人那边远点，那里危险。"多莉叮嘱道，"好好看着他们，别让他们被木头砸到或者是被什么切到手了。"

凯特·斯坦利今年刚满九岁，长着一头亚麻色头发，她的身体很壮实。她有一个弟弟比她小两岁，叫威廉姆，长了一脸的雀斑而且非常顽皮。萨金特家的孩子们带着他们俩，而玛格丽特怀里抱着小黛比，他们几个一块儿向着新房子东边走去。乔尔在那里插了一根牢固的圆木，然后在上面拴根绳子，它是用来拖海边的石头用的。男人们在那儿干活，而这群小孩子就站在圆木旁看着。

"哦，天哪，你们看，他们轻轻松松地就把圆木举起来了！"贝基大叫着，"真是太神奇了，就像举起一根小木棒一样！"

"一、二、三、四、五、六、七、八，"苏珊认真地掰着手指头，"还有船长，那加起来就是有九个男人了。哇，九个男人一起干活我还是第一次见呢。"

"看，那边拿着最大斧头的人是我爸爸！"凯特指着前面说，"他力气真大，斧头砍出的木屑儿都能飞到这儿！"

"大家快看，我的叔叔艾拉站在梯子上！"雅各布感到非常骄傲，"他是这么多大人中爬得最高的。"

玛格丽特看着在九月的烈日下干活的男人们，感觉他们非常有魅力。他们能把巨大的棕色圆木轻松地抬起来，然后稳当地放在合适的地方。有的时候，她看到有一根圆木太沉而不好驾驭，举起来时很费力，也很容易从手上掉下来，她才明白，想让木头对准卯眼他们得费很大的劲儿，这事儿是多么不容易啊！这个渐渐成形的房子，是他们用努力换来的，这真是一个了不起的成果！他们汗流浃背，汗水都从裸着的后背和肩膀流了下来，在阳光底下闪烁着。

"我的天哪！"她心里想，"做个男人太棒了，竟然可以把树建成房子！"

凯特对双胞胎姐妹说："我家建房子的木板是我爸爸从海湾北边的锯木厂那里拿来的。他昨天晚上对我妈说，有面子的人才不会住这种圆木房子呢。"

"哦，是吗？我们不会一直住着圆木房子的，将来也会盖一个木板房的。"苏珊赶紧拍着胸脯保证，"这不能怪我们，要怪就怪印第安人，是他们把我们原来的房子给烧了。"

"说不准哪天他们又来了。"凯特小心地提醒着，"我听我爸说，把房子建在这里的这些人，真是太蠢了！"

"说得很对，"她的弟弟也很赞同她的话，"说不准哪天印第安人又来破坏了！"

就在这时，从男人们那边传来了一阵吆喝声，他们已经安安稳稳地把第一根圆木固定在了屋顶上。

除了玛格丽特外的其他六个女人已经把饭菜摆好了，大家都坐在桌子旁等待开饭。当玛格丽特看到这一桌子美食时，感觉太不可思议了。这一桌子美食都是左邻右舍凑出来的，萨金特家带来了鱼、肉和浆果，还有其他邻居带来的熏肉、熏鸡、鸡蛋、新鲜玉米、豆子、炖南瓜、煮萝卜、涂了黄油和野蜂蜜的玉米面包与速成布丁。多莉交代给她很多事情，她忙东忙西没有时间休息。她一会儿要给躺在地上休息的男人们送去装满食物的木盘子；一会儿要拿好吃的东西去哄孩子们，让他们安静下来；一会儿又要提着桶去泉边打水。好不容易可以休息会儿了，她又得回到孩子们中间去照顾他们。她因为自己的好奇心都顾不上吃饭，情不自禁地打量着桌子旁的一张张脸。看到大家这么志趣相投，和蔼可亲，她的内心感到非常温馨和美满。在这种气氛的感染下，她有时会鼓足勇气和其中的一男或一女相视一笑，阿比还优雅和善地对她笑了笑，使玛格丽特欣喜若狂。当她递给雅各布一块涂满厚厚蜂蜜的玉米烤饼时，忍不住感叹，上梁真是一个不错的庆祝活动！

她好像好久没有看到大家坐在一起悠闲自得地聊着天，神清气爽地欢笑了。只是有时有人说出"印第安人"这个敏感的词时，大家才会沉默不语，然后下意识地向树林边缘的方向看去。虽然海普莎姨妈脸上有很多皱纹，但是她看起来还是这些人中最悠闲自在的，脸上挂满了笑容。当她点头应和着，或是语速很快的时候，头上黑色遮阳帽的带子就会跟着不断地晃荡。

"我啊，"她浅笑着说，"从记事开始，像这种庄重盛大的社交活动我从来没参加过。昨天起风了，赛斯还怕会起雾担心没办法来了。但是，我可没有担心会来不了这儿，我坚定地对他说，没有什么可以阻挡我们去参加活动。因为昨天我把剪刀弄掉了，竟然是刀尖先着地，这就预示着这次活动没跑了，我在这方面可从来没出过错。"

"无论什么事她都要找一个确切的迹象。"她的侄子笑着说，"在种庄稼之前我得先征询她的意见，如果她说月亮还没有到合适位置，我都不敢种。"

"赛斯，她给你的意见是对的，"汉娜激动地说，"你们男人太自以为是了，你们以为庄稼收成好都是托你们的福吗，那都是月亮的功劳。"

"好了，我又没有说我想要用海普莎姑妈跟你们任何人交换。"赛斯补充道，"还有阿比，她也不行，有太多人对她虎视眈眈了。"

"哦，天哪，赛斯，"海普莎大笑。"你在说什么呢!像阿比这样年轻美丽的女孩怎么会需要什么征兆呢? 只有我这样的老年人才会需要这种东西，但是呢，"她摇摇头继续说，"等什么时候我隔着石墙还能看到对面的东西，我就真的神了，到时候我肯定能说到做到。"

阿比听到大家提到了自己，瞬间那笑脸就红通通的了。她在艾拉和伊桑中间站着呢，粉色的裙摆优美地拖在苔藓上。她常常沉默寡言，但是在旁边听着大家的讨论，她的眼睛闪着温和的光。有的时候，当她两边的男人对她说悄悄话时，她的脸上会出现一个小酒窝。玛格丽特看着她的酒窝时隐时现，被她深深地吸引了。真的好羡慕她啊，玛格丽特心想，要是能优美高雅地坐在两个年轻男人旁边，而且还穿着粉色的印花裙子和洁白的袜子，那是多么美妙的一件事情啊！

"过来，麦琪，"多莉残忍地打断了她的幻想，"快点儿吃，吃完了好帮我收拾桌子。"

但是，海普莎姨妈站了起来，阻止了玛格丽特去干活。

"让她再吃会儿吧，"她说，"我和你一起收拾吧，她现在正在长身体呢，应该多吃点，你看她瘦的。"她走到玛格丽特身边，轻轻拍了拍她瘦弱的肩膀，又说了句："天哪，你真是太瘦了，站起来连个影子都没有，估计得站两次才能留个影吧。"

男人们慵懒地躺了一会儿，然后起来继续干活。他们用斧头和铁锤敲打得更起劲儿了，屋顶逐渐地成形了，真是太奇妙了。迦勒和安德鲁按照男人们的吩咐，帮忙递工具、拿钉子，爬上爬下忙得不可开交。他们有时还会吹两声口哨，喊上几声，来证明自己不可或缺。然而，女人们则一起坐在刚收拾干净的圆木桌子旁说说闲话，打打毛线，做做针线活，有时还会晃晃黛比的摇篮，或者给摩西家的孩子包裹一下披肩。玛格丽特很想跟这些女人待在一块儿，不但可以欣赏美丽的阿比，还能听听海普莎姨妈的话。但是她知道这是不会被允许的，因为她要做的事就只有看孩子，照顾孩子，不让他们乱跑伤着。

但是要让这么多孩子安静下来可真不是件轻松的事情。一会儿双胞胎姐妹和凯特吵起来了，因为玉米芯娃娃，她们还把娃娃的印花布裙子扯坏了。一会儿威廉姆在削木头做玩具时把手指给割破了，他还真是个鲁莽的孩子。制造麻烦怎么可能会少了雅各布和芭迪，只要一不在玛格丽特的视线内了，他们就会疯狂地向木屋跑。"南瓜"，这是一只小狗的名字。它今天很奇怪，它在平时吃完饭之后就会去睡觉，不知道今天是怎么了，有些狂躁，来来回回地跑，到处嗅，还狂吠不止，听得人很心烦。它这些反常的举动，是因为今天有很多陌生人在吗？

"它的叫声听起来让人有些毛骨悚然，"贝基小心翼翼地说，"它不会是闻到印第安人的味道了吧？"

玛格丽特觉得这是不可能的，但是小狗一直不安地朝着泉水的方向窜来窜去。

"要不然我们去看看吧，说不定真有什么东西呢。"威廉姆催促，"如果遇到危险的东西，不要犹豫，撒腿儿就跑！"

玛格丽特觉得也不是太远，不会出什么事的，于是就应允了。然后他们就跟着小狗一起出发了。在刚看到泉水的时候，突然小狗的后背的毛就竖起来了，还瑟瑟发抖，低声叫着，站在路中间一动不动。小狗好像在嗅着什么，大家就顺着狗鼻子的方向看去。不看不知道，一看吓一跳，前面竟然有一只巨大的黑熊，正在偷吃海普莎姨妈晾在那儿的一小桶黄油。

大熊也看到了不速之客，然后站了起来。在孩子们的眼里，它甚至比山还要大。它看起来非常凶猛，前爪还滴着刚才偷吃的黄油，它的指甲又尖又长。虽然只跟大熊对视了短短几秒，却好像过了很长时间。大熊凶狠地盯着他们，对于他们打扰自己吃东西感到很不满，嘴里还发出咕哝声。小狗小心翼翼地向大熊靠近，对着它狂吠不止，已经准备好扑过去。看到这种场面，玛格丽特猛然回神。

"你会没命的！"她大声嚷道，将"南瓜"脖子上的粗糙的毛一把揪了过来，可是小狗仍旧从她的指尖滑了出来。

大熊正一步步地移动着四条腿靠近他们。四个拙笨的爪子慢慢地向前移动，红色的舌头吞吐着，面目凶残。

"赶紧，赶紧离开这儿！"玛格丽特听见自己对着孩子们大喊，之后脑子一片空白。时间已经不允许她再做思考，她快步抢在孩子们最前面，将泉水边的木桶紧紧抓住。幸亏在这以前水已经装满了木桶，要不根本来不及装满水，熊就走了过来。这时，她意识到自己正同大熊那两只黄色的眼睛对视着，居然还能感觉到从它嘴中喷出来的热气。她竭尽全力，一把将手中的木桶甩了出去。水正好洒了大熊一脸，与它黑亮的皮毛撞击，激起一大片水花。玛格丽特无暇顾及太多，慌张地逃离了那个地方，时不时地扭头看看大熊是否在后边紧追着。

它没有追上来真是太幸运了。大熊对着天空大吼一声，摇摆着屁股走进树林，"南瓜"此刻也不敢追上去了。

孩子们跑回空地，一路尖叫，心有余悸地对人们说着刚才的遭遇。男人们放下手中的活计，背上滑膛枪，立刻向树林边跑去，但是最终什么也没找到。

"从脚印判断，这个家伙的体形应该很大。"赛斯向大家说道，"幸亏它离开了，不会给我们造成太大的损失。海普莎姑妈，你的黄油差不多让它吃完了。"

"熊肉的味道很棒。"安德鲁仍旧有点惋惜。

"假如咱们先瞧见就最好不过了。"迦勒打断他们说道，"我们不会像你们那样落荒而逃，我们清楚该做些什么。"他对着玛格丽特皱了皱眉。

"但是我们又没枪，该怎么抵挡它？"苏珊补充说道，"那时眼瞅着它就要冲大家扑过来。"

"我打赌你不会想出拿水泼它的主意的，迦勒。"贝基辩驳道。

乔尔将滑膛枪放下来，重新捡起铁锤，只是说了句："做得很棒，麦琪。"

"的确是这样，"多莉赞扬地说，"你没有忘记孩子们。"

"恐怕三个大人的胆量也没有这小姑娘的大呢！"海普莎姨妈点了点头，为她感到骄傲。可是玛格丽特却觉得有些愧疚。或许她有必要跟大家说出实情，这件事情发生时，她的脑子早已没了主意。并且，倘若不是她粗心地将黄油以及木桶丢在了那里，也就不会出现之后的事了。但是，在这场危险之中，她没有被任何人斥责，她的确没有想到。还有，大伙都对她赞赏有加，玛格丽特感到十分开心。

上梁的工作已经完成，只剩下切割好门窗，将木头之间的缝隙塞满，以及为木屋加几个钉子这样零碎的小活了。但是，这些也让大伙在眼下的几天不能休息。就连孩子们也被安排用木桶装满苔藓去填补缝隙。迦勒和安德鲁将软泥从海湾拉来，做涂层加固之用。

玛格丽特带着孩子们采森林边上的苔藓。她不停地采着苔藓，向木屋那边望去，男人们在上边不停劳作，头戴软帽、穿着隆重的女人们站在下面，说话的声音与锤击的声音掺在一块儿向四周扩散，这是个多么振奋人心的景象啊！她注意到了阿比粉色的帽子，如同灌木丛中怒放的花朵一般。

"阿比真是动人啊！"她一边向孩子们的桶里装满苔藓，一边转过头向小女孩们说道。

"伊桑暗恋她呢！"凯特对大家说，"即使伊桑这次从朴茨茅斯带回多么珍贵的东西，她都不会感到奇怪。"

"我也想变成十八岁！"玛格丽特叹了一口气，"而且女佣已经与我无关了。"

"可是即使如你所愿，你跟她也不是一类人啊。"苏珊指明了这一点，"她的头发卷卷的，并且脸蛋有些发粉。"

一回忆起不久前她在泉水中瞧到的自己的黑脸蛋，玛格丽特明白，苏珊说得一点儿没错。

"即使一个女孩没有美丽的容颜，也要心灵美丽，"凯特说道，"假如一样都不具备，可就面临着孤独终老的风险了。"

之后，她们说说笑笑地回到了家。

玛格丽特弄不明白之后的事情进展得怎样，众说纷纭。当时，人们在乔尔身边围成一圈，目睹着他将那非常珍贵的玻璃向着那两扇他早就已经做好的窗户上安装。上次他坐着"伊丽莎白号"将那十二小块玻璃带过来，就是为了以防不时之需，因此只有两个房间才有资格安装一扇小小的窗户。他早就把玻璃固定在上面了，两排三行，位于门右边的那扇窗也已经组装完毕了。

"你站在那里不要挪位置，我要将窗户再砍掉一点点。"他对着过来帮忙的艾拉讲道。

就在这个时候，迦勒正在朝着屋顶爬过去，斧头不知道是被乔尔还是他给震了下来。斧头直接从门上面掉落，将正在下面专心致志地看着窗户的雅各布给砸了个正着。人们就听到一声大喊从下面传出来，接着就看到他已经躺在了门阶旁。鲜血从他额前的伤口不停地向外边流，在将他搀扶起来以前，石头就被一大片的鲜血染红了。那时，大家还以为他没有呼吸了，因为他的身体里流出了那么多血，整个人给人一种毫无生机的感觉。

接着，海普莎姨妈掌控了整个场面。她让玛格丽特将雅各布的头摆在自己的膝盖上，将布包里的干净抹布拿出来，帮着将头上的血迹擦干净。

"伤得没有那么厉害，"她劝慰着多莉和其他人，"伤口的位置很靠前，但是如果离太阳穴再近一英寸的话，我也就没有办法了。手里拿着这块布，麦琪，我要把针线拿出来。"

"你想要干什么？"看到海普莎穿针引线，多莉被吓得眼睛瞪得很大。

"将伤口缝合起来呀，否则的话是没有办法愈合的。"她十分镇定地回答。"拿两只手，孩子，"她命令着玛格丽特，"尽量将伤口都挤在一起。等一分钟，他就会醒来了。我必须要赶在他清醒之前将伤口缝好。还有你，迦勒，给我弄过来一些海水，等一下我要用。"

玛格丽特感觉她的手都是冰凉的，就好像是别人的一样，但是她还是努力地完成海普莎的命令。她非常明白，自己的眼前到底发生了什么事情——划开的皮肤、不停地冒着的鲜血、裸露的白色骨头。虽然她也察觉出了自己的双手都被鲜血染红了，也察觉到雅各布脑袋的重量，但是她好像是飘过去了一般，就好像只是在看一幅画一般，一幅一个受伤的小孩还有他身边围着一群人的画面。

"再按紧一些！"她的耳边传来海普莎姨妈的声音，"这是最后的一针了！"

随后，眼前的景象都看不清楚了。血仿佛泛上了她的太阳穴，一直到雅各布的哭喊声传到耳边她才苏醒过来。雅各布被疼痛和盐水的刺激弄醒了。海普莎姨妈为他将伤口包扎清理干净，玛格丽特在他的一旁哄着他，这样的话他所遭受的痛苦会减轻一些。

"就是这么办，"海普莎姨妈说，"到现在已经好了很多了，再有一周他的伤口就能够复原了。我吩咐赛斯拿点药膏给他抹在伤口上。我的天，麦琪，你的脸色怎么看上去也和他的一样苍白了呢？你刚才帮我的时候看上去很有经验呀，千万不要在这个事情做完以后就晕倒了呀。"

她们帮助雅各布把被子裹好，将他安放在凉爽的地方。就在这个时候，玛格丽特听见汉娜告诉玛丽说："这么小的一个孩子，差点儿就要救不过来了。这个房子刚刚建造完毕，但是却发生了这样的事情，还真不是什么好的预兆。"

"对呀，"玛丽摇摇脑袋说，"还没有入住呢，门前就沾染了血，确实有一些不好。"

"啊，我的天！"阿比将她们的谈话打断，脸上满是害怕，"不要再说了，我的鸡皮疙瘩都要起来了，真的！"

"预兆就是预兆，阿比。"她的妈妈汉娜接着说，"我这一生目睹的那些无视预兆的事情可是不少了。我对你讲，假如是我碰到了这样的事情，就算是送我一百英镑和六只瓷茶杯，我也不会在这里住的。"

"这些瓷茶杯可是够我干很多的活了。"阿比叹了一口气。

"好吧，说了这件事并不怎么好，"汉娜说道，"就在斧头落下来时海普莎还给我使了一个异样的眼色。即使她什么都没说，仍旧明白即将会有不幸的事情降临。"

　　玛格丽特为多莉没有在旁边听见这些话而感到庆幸。这些有关预兆的谈话让她忐忑不安，她觉得那样同独自一人到伸手不见五指的地下室拿东西没什么区别。直到她听说"伊丽莎白号"即将起航的消息后，才稍微放松下来。

　　哈特船长已经登船检查绳索以及帆船了。蒂莫西焦急地在岸边等候着伊桑的到来。但是伊桑还得花时间同阿比交谈几句。玛格丽特注意到他们就在不远处站着，阿比粉色的裙子紧挨着伊桑那双橡胶长靴以及粗布料的马裤。空气中传来了阿比银铃般的笑声，之后伊桑离开海滩，向小渔船方向跑去。安德鲁以及迦勒推着小渔船到了海水当中，他们被特许可以来做最后的道别，因此有几分傲娇，此刻正努力地划动船桨。夜幕即将来临，夕阳平铺在海面上，染红了涨潮线上的海草，就连"伊丽莎白号"棕色的船帆也摇身一变成了茶色，甚至让风弄得鼓着老大包的破旧的船帆，此刻也在夕阳的映照下焕发着光彩。

　　这时，两个小男孩将小渔船划了回来。单桅帆船将帆落下，同"伊丽莎白号"连在一起。可以在岸边瞧见船上两三个收拾绳索以及锚链的人影。

　　"马上就要退潮了，"赛斯说道，"加上今天是顺风，应该很容易通过海峡。"

　　"船长已经计划着离开有好几个星期了，因为要帮我们搭建房子他才留这么久的。"乔尔向他解释道。

"的确是这样，"他的妻子打断了他的话，说道，"这座房子离开了船长实在不确定要盖到哪一年呢。今天是见船长的最后一面，还真有些不舍呢。"

"别这样，没准以后还能再见呢。"艾拉劝慰她道。

"谁都不知道会怎样，"她表情凝重，"只有他在，我才能安心。"

"快瞧，麦琪，"贝基大声喊道，"船帆动起来了，他们走了。"

玛格丽特同多莉此时的心情是一样的。"伊丽莎白号"离海岸越来越远，萨金特家的任何一个人，都将它的存在视为家。即使棚子搭建完成了，他们仍旧时不时地登上船。她对船的每一个节孔、每一个木钉和船上的每一个修补过的缺口都最为熟悉，一点儿都不少于她对雅各布盖着的那床棉被的每一处补丁的熟悉程度。

"一路顺风！"船头掉转了方向，岸上的人们大喊着向船上的人挥手告别。

"再见了！"船上的男人们也回应道，声音从两处发出来，缠在一起，此起彼伏。

"我要是也在船上就最好不过了。"阿比说道。

"真高兴你还留在这儿。"艾拉说。

"伊丽莎白号"逐渐消失在玛格丽特的视线中，她有种说不出的忐忑。它此刻瞧起来是那么渺小，那么生疏，好像同他们熟悉的船完全不一样。不久之后，人们的视线被海岬上的树影阻断，她、双胞胎以及芭迪在石头上伫立良久，想多看几眼。太阳马上就要落山了，"伊丽莎白号"的船头慢慢向岛屿开去，余晖的映照下，船帆闪烁着光芒。玛格丽特猛然想到他们驶离马布尔黑德的那个清晨，船长之前提到过："它会让你出现在任何你想出现的地方，无论在哪都能前进。"他的确讲过这样的话，事实也正是如此，玛格丽特已将大海看成将这个世界围绕一圈的水路，只要一想到这儿，心里都怦怦直跳。

"啊，船不见了。"旁边的一个女人说道。

"'伊丽莎白号'驶离了这里，海湾瞧起来空荡荡的！"苏珊说道。

"的确是这样，"贝基附和道，"我已经忍不住地开始想它了，你什么感觉，麦琪？"

那晚，当宴会结束后，他们吃光了宴会剩下来的吃食，之后搬到新房中住。屋子还没有打扫完，地板也还是光秃秃的，还要在矮墙的位置搁置几张床以及长椅。还好，壁炉中正在燃烧着圆木，火光映在炉石上，他们花了不少的力气才将石头从沙滩上搬了过来。屋子的中间竖立着烟囱，将整间屋子一分为二，提供给两个壁炉使用。

玛格丽特以及双胞胎姐妹睡在临时搭上床的厨房里，乔尔夫妇陪着另外三个孩子挤在一起，迦勒以及艾拉爬着梯子睡在上面的阁楼。尽管还没有收拾妥当，但是多莉也肯定，有了屋顶，要强过之前不少了。云杉树枝搭建的木床上面躺着玛格丽特，她躺了很久都没有睡意。壁炉当中的火光逐渐暗了下来，在木头以及梭子上映着古怪的影子。她早就适应了在半敞着的地方睡觉，此刻躺在新屋子当中，并且白天还发生了许多事情，她没有丝毫睡意。

雅各布痛苦的声音从隔壁传来。这哭声勾起了她对海普莎姨妈缝合大口子的回忆。这一切就像是才发生的，她几乎记得每一个动作。她思考着，是否有一天，自己也会发生这般事情？假如斧头落到低一点的地方，事情会变成怎样？她浑身哆嗦了一下，转身靠向已经进入梦乡的双胞胎姐妹。一些奇怪的鸟叫声以及蟋蟀的叫声久久在耳边挥之不去。终有一天，它们不再作声，等到那时，霜冻以及寒冬就会到来。这些话是她在那天下午从伊莉莎和汉娜的交谈中听来的。蟋蟀与霜冻，给人一种很悲伤的感觉，皮尔斯叔叔曾经为她唱了一首和它们有关的短歌。她在脑海里回忆了很长时间才将歌词回忆起来，令人惊讶的是，法国的这些东西正在她的脑海中逐渐逝去。也许是很长时间都没有回想的缘故，这就造成了记忆并不牢固，就和那挂在她脖子上的戒指与纽扣一般。在黑暗里，她伸出手来摸了摸它们。

她睡醒后，阳光正好从六扇小小的玻璃窗户和那些依然漏风的缝隙当中照射进来。迦勒和艾拉在阁楼上弄出吱吱嘎嘎的响动，乔尔正准备将一些柴加到火炉当中去。玛格丽特立马从床上跳下来，快速地将裙子套在棉背心上，去帮着搅动桶里的小米粥。她明白，今天的空闲时间将会非常少。

接连几个星期都非常忙碌。大清早，玛格丽特就要来回跑上二十次，从房门到山泉边，再从海滩上到院子里，脚步从未停歇。玉米和土豆种得有些晚，但是收获的玉米还是比较让人满意的，然而土豆就有些不堪入目了，早就已经腐烂变质了。要把每一块土豆都保存起来留作过冬的食物，孩子们和玛格丽特在早就已经挖过的地里不停地刨着，担忧着是否有任何珍贵的棕色小圆球被她们遗漏。有时候迦勒也会来，将那晒在阳光下的鱼替她们翻一翻，还常常叫玛格丽特过去磨玉米面。这是他跟着印第安人学会的，用石头和木槌打磨。这可是一个很重的活计，打磨的时间长了就会浑身发酸发痛，就连脑袋都是晕晕的。但是尽管玛格丽特已经使不上一点儿的力气了，她也不会告诉迦勒，否则，迦勒又会开始嘲笑她了，即便他没有每天都拿这一点开玩笑，她也不想因为这件事招惹到迦勒。

雅各布的伤口就快要完全好了，就是额头上留着的一道锯齿状的伤疤让人看上去有点难过。但是，如今的他对玛格丽特更加痴迷了。就这样，一边是雅各布，一边是刚刚学会爬的小黛比，玛格丽特忙得脱不开身。

有时候海普莎也会过来看看他们，她说："从上次被砸伤以后，这个孩子的身子骨就一直不好，下次我来的时候把黄花草酿的酒带过来一些，让他补补身子。"

赛斯划船将她送到这里，还拿了一些从自家果园的树上摘的苹果。接着他和乔尔一块儿来到了陆地上的荆棘丛，将两年前他和弗林特嫁接的苹果查看了一番。那是将荆棘斩断之后，赶在树液流出之前嫁接上的苹果枝。有几株长得非常好。玛格丽特听见他们说嫁接树上还能够有苹果长出来，感觉非常神奇。她和孩子们看着赛斯给树枝嫁接，目光痴迷。

"荆棘树的生命力非常顽强，苹果枝嫁接到这上面，就会长成一棵苹果树，比海岸上的任何一棵长得都要好。"他说。

"荆棘树还不清楚自己可以长出果子呢。"艾拉哈哈大笑，手头上已经开始忙碌起来了。

"真的能长出来吗？真的会在树上结果子吗？"玛格丽特仍旧感到很震惊。

"如果幸运的话，第二年春天，树液就可以输送到上面的树枝上了。"赛斯告诉她。

"天啊！这就和魔术一样神奇！"她低声感叹着。

"好吧，孩子，我对这些也并不了解。"海普莎姨妈讲，"但是，你就没有感觉，所有鲜活的植物好像都是一种令人惊讶的存在吗？"

"假如我们有幸能够摘到第一茬苹果的话，我们一定要好好地感谢这棵树。"玛格丽特发觉自己和海普莎姨

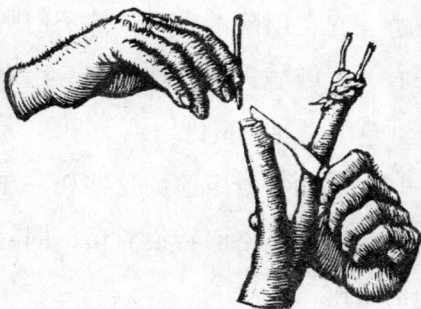

妈在一块儿的时候，就会话很多，"我还记得您曾经讲过，这样做树才可以长出果子来。"

"这的确是一个非常好的想法！"艾拉微微一笑，"感恩这棵树吧。"

"我活了大半生了，这是我听过的最新奇的说法呢，但是只看表面的话并不能看出有什么帮助。"海普莎反对说。

他们一块儿往回走，孩子们坚持带着海普莎姨妈一起参观房间当中的每一个角落，还告诉她，他们的父亲为布林多和小牛搭建好牛棚以后，就想要在墙角的位置做一个碗橱和壁架。羊被送给了赛斯，用它换来了几块木板、一袋钉子、一小桶蜂蜜、些许玉米面，还有赛斯刚刚宰杀的半头猪。海普莎姨妈同意为他们把羊毛纺一纺，用来做冬天穿的衣服。

"这些羊毛就连做衣服都还不够呢，但是我对邻居可是非常大方的，你告诉麦琪和双胞胎姐妹来这里帮我架纺车并打理一下羊毛，就可以了。"她告诉多莉。

对于九月的中旬来说，这样的天气很温暖，每一片叶子、每一根小草都反射着耀眼的光芒。多莉走到海普莎姨妈的身边一起在门阶上坐下，孩子们则坐在旁边的地上。他们身旁有一棵糖槭火红火红的似一团火焰，还有一棵挂着耀眼的橙红色浆果的花椒树。

"真心期待着眼前的这些树一年永远保持红彤彤、黄灿灿的颜色。"玛格丽特说着话，同时伸手去扶差一点儿磕倒在地的黛比。

"这个季节可真是让人心旷神怡啊！"海普莎姨妈说了同样赞美的话语，她将针线包找了出来，"我讨厌冬天。"

"我都不敢去想冬天！"多莉长叹道。

此时此刻她在缝补乔尔的破旧外套，身旁的石头上堆放着一些"惨不忍睹"的袜子，需要好好地缝补一下才能让孩子们穿上。玛格丽特捡起一只放在手心上，翻来覆去，正思忖着该怎样下手。其实她对这些缝缝补补的细活儿十分在行，但是毛线太少而袜子的破洞太大，让她犯了难。

"两双鞋需要给四个孩子穿。麦琪也没有鞋子。"这让多莉感到十分苦闷。

"不必担心，"海普莎拿起自己的针线，高超的技艺在一块印花布上展现得淋漓尽致，"我有两双鞋穿，可以让她穿一双我的，我在屋里穿鹿皮鞋也是完全可以的。"

孩子们围在一起，一双双大眼睛直勾勾地盯着海普莎姨妈将两块布用针线连在一块，赞叹着她那瘦小的手竟然能够如此娴熟地穿针引线。

"孩子们，你们会猜谜语吗？"老奶奶开口说话了，并且双手不停地忙着眼前的针线活，"会，对吗？那我考考你们，我记得这个是在我只有蚂蚱蹦起来那么高时我妈妈说给我的。"她的两眼炯炯有神，散发着光芒，把头歪在一边，接着说起了她的谜语。玛格丽特忽然觉得此时她瞧起来俨然是一只小鸟。

一匹铁马，

尾巴亚麻。

跑得越快，

尾巴越短。

由于孩子们谁都不能想出谜底，她晃了晃头，头上贴着的印花头巾也随风浮动了一下，将答案告诉给孩子们。

"就是我手上拿着的针线啊！"

多莉瞧见海普莎姨妈如此高兴，忍不住地话多了起来。她提起了在小时候听说的故事，还讲述了怎样用玉米面加上南瓜泥做蛋糕。孩子们中间坐着玛格丽特，听得津津有味，她双手不停地缝缝补补，时不时地抬起头看看孩子们，尤其喜爱爬来爬去的黛比。

玛格丽特抱起黛比时，她正坐在一根横放的圆木上面。海普莎姨妈盯着小黛比说道："孩子转眼间这么大了！你得明白，盯着孩子不让她玩火是件困难的事情，仅仅有一个法子，那就是取一块热炭烫一下她的小手指。也许听着有点儿残忍，可是不这样做，后果可能会比这严重千百倍。"

"你是说，存心烫她？"玛格丽特变得惊慌失措，双眼瞪得很大。

"是这样！"海普莎姨妈对多莉说道，"我的孩子小的时候，我就是这样做的，伊桑是个婴儿时也是这样。你绝对做不到对他们寸步不离，稍不留神，他们就有跌进火堆抑或衣服着火的可能。"

多莉一把抱起黛比，脸上露出了罕有的怜爱。"我绝对不会那样！"她语气果断，"我起誓，我一定不会用木炭烫我的孩子。"

"随你便，这是你的孩子。但是，我经常说，宁可孩子大哭也总比妈妈叹息好得多。"老奶奶平和地说。

男人们一直忙着搭建牛棚，赛斯帮着乔尔搬重木头，还传授给他做门的技术。迦勒无所事事，丝毫不看向女人们这里。过了不久，他们注意到艾拉鬼鬼祟祟地向海边溜去。不一会儿，小渔船的桅杆升起了三角帆，小船被艾拉推到了海里。

"赶紧看，那是艾拉叔叔！"芭迪大叫道。

人们纳闷般儿地向她手指的方向看去。

"天啊！他想干什么，为什么选择这个时间出海？"多莉大叫道，一副吃惊的神态。

"肯定不是为了钓鱼！"海普莎姨妈说道，她双手遮挡着耀眼的阳光，"他朝东走了，我猜想他是要去威尔斯家。"

"他穿着他最好的蓝色外套。"苏珊在一旁说道。

"那的确最有可能是要去那个地方。"

大家盯着艾拉的小船慢慢绕向东边的海角，玛格丽特注意到海普莎姨妈的嘴角稍微上扬，控制着自己不要笑出声来。

"他可以跟我说，目前我能指派他去做一些事情。"多莉说道，有一些埋怨。

"哎呀，年轻人不能始终天天忙，并且阿比美若天仙，假如有哪个小伙子娶她当老婆的话——我觉得任何女孩都比不上她。"海普莎姨妈说道。

乔丹一家直到太阳快要落山的时候才返回到星期天岛。玛格丽特以及海普莎姨妈漫步在海滩上，脚下布满了鹅卵石。她拉着老奶奶温暖的手，老奶奶的手相较于一般的老人少了些凉意。潮水涌了过来，塞满了海湾，海岬上那一排排的云杉瞧起来黑乎乎的。

"快看，散发着光芒的是我的窗户！"玛格丽特顺着海普莎手指的方向看去。"闪亮得同金子没什么差别，我一直认为，能够在别人家瞧见自己的家，这种感觉棒极了！"

"如同穿过海面凝望着我们的一双眼睛，太美丽了。"玛格丽特感慨地道。

夕阳的映照下，东北方向那连绵的山峦展示出了一种怪异的景象。这时，他们摇身一变披上了特殊的蓝装，相较玛格丽特之前见过的任何蓝色还要深。

"荒漠山。"她自言自语说道。

"我做梦都想有一床这般蓝色的被子。眼下就差伊桑为我带来靛蓝了。"海普莎姨妈说道，"这种颜色很合适，被子上有着'迷人山脉'的图腾。"

艾拉划着他的小船回来时天已经黑了。在他进屋后，口哨声不绝于耳地从屋中传了出来，他甚至还谢绝了多莉专门留下的牛奶以及浓粥。

"我猜想威尔斯一家专门为了他的到来备下了一桌美

食。"艾拉从多莉身边走过,多莉嘴巴撅得老高,开玩笑说道,"你肯定没有留意桌子上面都有什么吧?"

艾拉没有将她的话放在心上,耸了耸肩膀。玛格丽特意识到他精神焕发,甚至讲笑话给孩子们听。他已经很长一段时间没讲了。趁着多莉去照看孩子的空隙,艾拉偷偷地将他的破旧粗布外套拿出来让玛格丽特补补。

"天气越发冷了起来,"他有一点儿害羞,"我绝对不能同吉卜赛人似的毫无顾虑地奔跑,即使在这周边也不行。"

她接过外套,想问问艾拉,阿比是否穿上了她那粉色的印着花边的裙子,但是直到最后也没有开口,她不想让艾拉的信赖付诸东流。

那晚降了霜,屋子以及棚子上蒙着一层厚厚的霜,因此之后的好几天都要忙着收拾,腾不出时间招呼拜访的客人。所有的孩子,甚至受伤的雅各布都要忙着采摘苔藓填充圆木缝隙。锤子声、斧子声一整天不绝于耳。野雁成群结队地飞向南方,扇动着灰黑色的翅膀划过天际,在上空盘旋,可是无论如何,它们都会始终紧跟带队的大雁,越过一个个小岛,没有丝毫倦意。就连乔尔也会偶尔同艾拉打下一只充当晚餐呢!但是玛格丽特一直不肯吃。她认为无论如何,永远都不能猎杀一只自带"指南针"的动物。迦勒还为此挖苦过她,但是他没有想到的是,多莉也赞同她。

"我不认为麦琪过于敏感是一件有益的事,但是,当我观察到大雁三五成群地飞向南方,却从未被方向困扰时,我不由得感慨，它们甚至要强过许多人类。的确是这样，我从它们身上可以明白很多事情呢！"

她说着这些话时，转向乔尔狠狠地瞪了一眼。但是就算他明白她的言外之意，也不会再说什么了。

偶尔，艾拉连同迦勒会带上"南瓜"，跑到树林一打猎就是整整一天，会将打来的兔子、野鸟还有一些别的猎物带回家。一次，他们打到一头鹿，计划着吃掉一部分，其余的晒干，把剥下来的鹿皮留下来，做冬天御寒之用。他们说，印第安人不会出现在树林当中，还讲到沿着树林向前一英里的地方，有一条烧出来的小径伸向北方，很多金缕梅就长在那条小径的某一处。

"海普莎姨妈曾经提起过，金缕梅对治病有很大帮助，我打算为她找一些回来。"玛格丽特在吃晚饭的时候这样对大家说道。

"我还能留下一些，"多莉接过话茬，"金缕梅消肿效果极好。艾拉，你认为，玛格丽特同孩子们一块儿前往可行吗？"

"假如迦勒带上我的枪，或许可以试一试。"他回答说。末了，大家同意明天带他们上路。

直到话题结束，玛格丽特仍旧担心迦勒会否定这个想法。但是，迦勒一考虑到自己守护孩子安全的重担，反倒认为这个主意很好。并且，他也许还可以捉到一两只松鼠或者野兔，将它们的皮毛剥下加上之前剥下的皮毛一起加工，能够变成一顶冬天的帽子。"南瓜"也跟他们去了，它跑在前面又蹦又跳，尾巴竖起，鼻子紧挨地面，闻来闻去。弗林特家在树林中烧出来一条路，但是因为时间很久了，所以已经看不出烧出来的痕迹了，加之霜的影响，倘若不认真找路的话，随时可能迷失方向。可是迦勒对这一带非常熟悉，所以带领玛格丽特以及孩子们不停向前走去。肩上扛着艾拉叔叔交给他的滑膛枪，不准迦勒大家破坏路边晚熟的浆果以及明亮的苔藓。

"咱们应该碰不着那只熊了吧？"芭迪走在玛格丽特的一边，步伐很快，"目前没有水可以泼它了，怎么对抗它呢？"

"熊？我根本不在乎，我两三下就能够打败它。"迦勒慷慨激昂，"假如咱们跟上它，没准儿还可以发现一个躲在树林中的蜜蜂窝！"

"哈哈，我确实想尝尝蜂蜜了！"雅各布吧嗒着嘴。

苏珊沿着灌木和树根的空隙走着，小心谨慎，语气中透露着一股倔强："最好不要撞见熊或者印第安人。"

"我也不想。"贝基随即附和道。

"那就闭嘴吧，"迦勒说道，"你们嬉闹的声音足足能够传到五英里外的地方了，没准他们就在那里呢！"

他们尽量不说话，直到寻见金缕梅。在这之前，玛格丽特还从未见过金缕梅。瞧见它们那开放在深秋的黄色花朵，她惊讶极了，并且，当一行人摘下花朵时，折断的枝叶散发的清香让她心驰神往。

"这种味道同奶奶橱柜当中的草药一个味。我不清楚那草药叫什么，但是味道就是这种，浓浓的。"她对孩子们说。

孩子们明显低估了想要装满一筐的金缕梅所用的时间，迦勒变得有点急躁。这时，他注意到附近树林里松鼠跑动发出的声音，急急忙忙寻了过去。临走前，他叮嘱大家在原地等待，不准走动。

"不一会儿我就会回来，麦琪，你们原地等我回来。"他说道。

但是松鼠带着他跑出了很远的路程。

"我不想继续等下去了。"很长时间之后，苏珊开口说道，"咱们顺着原路走吧。"

"我们会弄乱方向的，"玛格丽特有些反对，"咱们从未走过这么远的路。"

"我们未必比不过迦勒，不一定弄乱方向。"苏珊辩驳道，"我根本不在乎他是否会生气，他白白让咱们耽误了这么长时间，仍没回来。"

"不管怎样，最终他会回来的。"贝基插话道。

"我们最好先喊几声。"玛格丽特态度坚决。

"声音不要太大，不然会传到印第安人耳朵里。"苏珊马上补充说道。

他们喊了起来，但是没有人回复。玛格丽特意识到她身处如此茂盛的森林，还领着一群小孩，自己的确显得微不足道、十分疲倦。头顶，刚才还能透过云杉树窥见璀璨的太阳，如今也悄悄地藏在云朵后边了。树林宽阔，无边无际，透过最远处的树干空隙甚至瞧不见海水，然而他们此时此刻身处的位置是如此黑暗。

"咱们还是离开这里吧。"她听到了自己内心的声音。

就这样，他们顺着来的方向出发了。他们相互依靠着，即使没有人说话，大家都明白对方是多么害怕，仿佛身后有东西跟着似的。树根把芭迪重重地绊倒了，弄破了她的膝盖，脚也崴了，甚至不能站起来，更不要提走路了。玛格丽特将手中的篮子交给双胞胎姐妹看管，将芭迪背在身后，让雅各布拽着自己的衣服，以防他绊倒。这个意外，拖慢了大家前进的速度。玛格丽特背着四岁的芭迪，胳膊酸疼，心想着，他们还能再见到阳光从树干间探出头吗？

"我们前进了好几英里吧？"苏珊说道。

"的确，"贝基也是这样认为的，"应该没那么远啊，并且也瞧不见堆砌着许多石头的大桦树。"

"放轻松，马上就会瞧见。"玛格丽特心想要先稳定大伙的情绪。但是她的自信因为想到大桦树的缘故而一落千丈，不过她不能表现出来。她托了托背上的芭迪，试图让自己精神振奋。"给你们说个故事，"她说道，"从前有一个王子，骑马闯进了魔幻的树林，之后他注意到一位公主就被关押在宝塔当中，才明白，离开这片树林的唯一方法就是解救公主。"

"我不想听这个故事，"苏珊说道，"我认为咱们弄错了方向。"

当这个可怕的想法被公之于众时，大家都停了下来。孩子们单纯的大眼睛睁得老大，说不出话。芭迪在玛格丽特的背上放声大哭，旁边的雅各布也忍不住哭了出来。

"停！"玛格丽特说道，她想尽办法，"或许我们走了没有多远，我们得寻找先前踩在苔藓以及树枝上边而留下的印记，之后顺着原来的脚印返回去。"

事情远没有她想得那么简单。他们没有穿鞋，压根找不到什么印记。不一会儿，他们完全迷失了方向。雅各布被一行人落在后边。玛格丽特走几步，就需要搁下芭迪，返回背上雅各布。时不时地，他们还会喊上几声，但是没有听到一星半点的回复。并且他们不敢弄出太大动静，迦勒走之前告诉过他们，印第安人会在周边活动。

"假如'南瓜'可以注意到我们的声音，跑过来，就再好不过了。"玛格丽特长叹道，"这样，它就可以把我们带回去了。它的嗅觉很厉害，一定能顺利把我们带回去。"尽管她总是努力让大家变得精神抖擞，但是她的信心却消磨殆尽了。她回忆起艾拉提过的一句话，沿着向北的路可以到达印第安人的住所。此刻她担心他们正走在这样的路上，不是被砍死就是像之前的居民一样被扔到遥远的地方。

"上帝啊，告诉我们该怎样回家吧！"她在心里默默地做着祷告。

当他们穿过草丛时已经过去了很长的时间，雨滴从天空落下。大家忽然都怔在了那里，面前是一面牢固的石墙，高出人头不少，各种蕨类植物以及低矮的树木在上面铺得满满的。

大家伙儿无精打采地往回走，就在这时，玛格丽特察觉到石墙上裂开了一道小小的口子。

"是洞穴的入口，"她忽然意识到，"也许在里边待到雨停再走是个不错的主意。"

"可是里面伸手不见五指，很可怕。"贝基害怕不肯往前挪动一步。

"也许熊就躲在里面。"苏珊补充说道。

"我先进去看看情况吧，"玛格丽特说着话，将背后的芭迪放在地上，将洞口的藤蔓划到一边，"你们就在这里别动，直到我出来。"

就这样，玛格丽特走了进去。她的内心波涛翻滚，紧贴着石墙小心翼翼地向前移动。一开始她什么都看不清，直到眼睛逐渐适应了里边的阴暗。她发现，阳光将洞口的中间照得发亮，上面对着一个大口子，形状像极了烟筒，借助这个开口照进来一束光线。此刻，空气中弥漫着奇异的味道，她从未闻过这样的味道。洞穴当中阴暗潮湿，时不时地会有水滴从上落下，但是这种味道一定不是源自这里。她有一种说不清道不明的感觉，相较阴暗的洞穴，相较经常冲下来在她头顶打转的蝙蝠，这种味道更加让她感到战栗。她一直哆嗦，但仍旧强迫自己迈开了腿。她惊扰了一只鼬鼠，吓得它落荒而逃，它逃走时触落的卵石发出的声音在洞穴中回响。此刻，再走几步就到了那片光亮的地方了，但是，她鼓起浑身上下的胆量才勉强让自己迈出了脚步。

"这个地方简直是恶魔的巢穴，着实让人厌恶。"她大口呼吸之后说道。

此时，她到了有光亮的那个地方，抬起头瞧见一个圆形的开口，仿佛被烟熏过多次，黑兮兮的样子；微弱的光线从洞口的云杉树枝中闯了进来，一个石台就布置在洞口的正下方，由两块圆石头支撑着。在阴暗的光线当中，玛格丽特可以模糊地瞧见一些奇怪的划痕布满了圆石，包含一些凌乱的字母以及图画。石头下面可以发现一些木头的灰烬，还有未完全烧尽的木块、残缺的泥盘子以及不敢去看的白色碎片。瞧见这些碎片，她顿时觉得头骨发凉。绿色的光线包围着她，她将双手紧紧地捂住胸口防止心脏蹦出来，尽量劝慰自己，这没什么关系——这些木头灰烬、一堆白骨以及她未曾闻过的特殊气味，都没关系，可是她心里很明白，这代表着什么东西。

这种气味让她很反胃，她的双腿不受控地打战。发现脚下还有发光的东西，她逼着自己弯腰拾起来。那是一枚皮扣，周遭围着一圈的铁锈，看起来像是小孩子鞋上的，旁边搁着一束很长的头发——黄中带红，但是根部已经有点儿变黑，不再柔顺。

"我亲爱的上帝!"她小声说道,这才发现自己的手指抖动着,静静地在胸口画着十字。

忽然她将皮扣以及那束头发捡起来塞进口袋,弄丢了心神似的奔到洞外的树林,压抑得几乎不能呼吸。孩子们还等在原地,她抱起芭迪就跑的举动吓得孩子们哭了起来,雅各布以及双胞胎姐妹也没了主意,跟上她跑了起来。她来不及去想他们会怎么想,一心想着穿过眼前的草地,心里只记得一件事情:逃离,逃离,赶紧逃离这个地方。

"你的脸色苍白,如同一张纸!"大家终于停下来时,苏珊惊叫道。

"还有,我从未碰到过你把眼睛睁这么大的时候!"贝基发问了,"你究竟在洞穴当中发现了什么?"

"你还是不要再提这件事了——什么时候都不行。"玛格丽特的嘴唇上下颤动,她心惊胆战地向后看了看,"赶紧离开这儿。"她督促大家向相反的方向走去。

她走每一步,都能体会到口袋里装的东西让她筋疲力尽。这种情况下,什么都比不上听见远方的"南瓜"的叫声更让她高兴的了。

"南瓜"跑了过来,由于重逢,它黄色的身体欢快地扭动着。

"太好了,的确是一条好狗!"双胞胎姐妹亢奋地向小狗跑去。

"小狗,勇猛的小狗啊!"玛格丽特也感慨了一句。

他们将自己全部托付给小狗，靠着小狗的鼻子重回到小径上，走向他们的空地。可是没等他们到那儿，迦勒跑了过来，满脸忧虑。意识到大家都平安无事，他长长地舒了一口气，心中压抑的怒火最终爆发了出来。

"你们怎么这样？"他紧皱着眉头，对大家怒吼道，"你们弄丢了方向，我又不能丢下你们，搞得我白白在森林里找了你们好几英里路。"

"你本不应去抓松鼠！"玛格丽特辩驳道，因为之前她目睹的景象，让她的心怦怦直跳，"你的任务是让我们远离危险。"

"但是你至少遵从我的话啊！"他着重地说道，"很久之前我就听说法国人不守信用，你就是那种人吧！"

"迦勒·萨金特，是你将玛格丽特扔在那里不管的！相比你来说，她更有头脑！"双胞胎姐妹义愤填膺。

"她充其量就是一个女佣！我必须让她明白这里究竟谁说了算！"他气得青筋外露，那张被太阳晒得漆黑、堆满雀斑的脸都发黑了。

迦勒转过身，向身后的空地走去，身子挺得笔直，扛着滑膛枪，捕获的松鼠就拴在皮带上。直到太阳完全藏在西边的岛屿后面时，他们才返回到木屋当中。

"你们这帮孩子，究竟去哪里了？"多莉堵在门口大声嚷道，"我在这里等了很长一段时间了，真是让人着急！"

"我建议你好好问问麦琪！我曾找遍整片林子就为了找

到他们！"迦勒仍旧有些生气。

"迦勒逮松鼠去了，可是我们弄乱了方向。"苏珊在一旁解释。

"的确是这样，"贝基接下话茬，"在这个森林当中，我们没撞到熊或者印第安人，已经算是上帝保佑了！"

玛格丽特将芭迪搁在门阶上，自己坐了下来。她太累了，以至于没有力气说话。她的脑海中始终回放着那个洞穴以及那些恐怖的东西的画面。她只顾着为芭迪处理受伤的脚踝，不说一句话，任凭迦勒在一旁发怒，任凭孩子们在旁边众说纷纭。

晚上，就算大伙儿坐在一块儿吃饭时，她也只会偶尔听到一两句责骂声。等到孩子们钻进被窝进入梦乡时，她终于张口讲话了。那个时候，迦勒同另外两个男人正围在火炉旁削木勺子，多莉待在一边摆弄着毛线。就在火炉的一边，玛格丽特向他们叙述了在洞穴发生的事情。

"我认为那地方同魔鬼的住所没什么差别。"她有点焦灼，"在进洞穴之后，发现那些木头的灰烬以及骨头，我就什么都知道了。"回想到这儿，她目光呆滞，瑟瑟发抖。

"这有什么大不了的？"迦勒言语中带有一丝不屑，"或许是人们生火烤食鹿肉罢了。"

"闭嘴，迦勒！"乔尔嚷道，他正在把一根木头削尖，"继续说，玛格丽特，你认为那个地方的魔鬼之处表现在哪？"

"那里充斥着怪异的气味，"她讲道，"石头上布满了标记，就如同——恶魔一样，并且，你们瞧——"她将口袋中的那束头发以及皮扣拿了出来，搁在膝盖上面。

足足有一分钟，大伙儿没有一个人说话。屋子里很安静，就连炉火燃烧抑或海水将卵石推进小湾发出的声响都听得清清楚楚。皮扣在火光的照耀下散发着微弱的光亮，乔尔不再削木头，拿起那束发亮的头发。

"是头皮，"迦勒打破了宁静，"头皮就附在上面！"

"只有印第安人才可能有这样的东西。"艾拉一字一句地说道。

"瞧着像是属于女人抑或小孩的——"多莉的嘴唇瞬间变得苍白。

"洞穴当中还有其他的东西吗？"迦勒问道。

"我不知道，"玛格丽特回复说，"我只想着跑出去，不敢转身看。"

"你的胆子真的很小啊，"迦勒有些埋怨，"碰到事情还没弄明白就溜之大吉了。"

"闭嘴！"乔尔眉头紧皱，"我们应该慎重对待这件事。"

"你们还能回想起上岸第一天时，赛斯以及伊桑告诫过我们什么吗？"艾拉在一旁补充道，"想起来了吗？印第安人将这个地方看作精神抑或别的什么信念的寄托之地。"

"的确是这样，我想起来了。"多莉说道，"他说过这样的话，还奉劝我们选择别的地方盖房子。"

"对啊，我认为或许同玛格丽特口中的那个洞穴存在一些关联。"艾拉想了想，"他提过，每到春天就会在这周围发生几件事情。假如他们的确是在那里摧残以及杀害俘虏的话，我就不会吃惊了。"

"我听到过人们议论这件事情，"乔尔表情凝重，"不管怎样，这些东西是白人的。"他将皮扣连同那束头发装进衬衣口袋，接着说："你们一定要记住，不要同邻居讲起今天的事。"

"也许他们清楚这东西属于谁呢。"迦勒说道。

"最好就是你们什么都不要讲。"他的父亲叮嘱他们，"尤其是你，麦琪，印第安人还没有偷袭我们，这就够让我们伤脑筋了。"

"等邻居对我们友善点儿了再提这件事也不迟。"多莉马上解释说。

"麦琪，不要忘了，"乔尔说，"明天你同艾拉和我一块儿去看看是否能再找到那个地方。"

叮嘱完了之后，他们灭掉火返回屋子睡觉去了。但是，玛格丽特躺在已经酣睡的双胞胎姐妹身边很长一段时间，仍旧听得见他们在小声谈话。她明白，乔尔同多莉就在隔壁房间商量。她眼睛睁得老大，过了很长时间仍旧睡不着。只要她合上双眼，在那个洞穴瞧见的景象就会蹦出来。幸运的是，大雨在之后的两天下个不停，她反倒为去不成那个鬼地方而暗自兴奋了。

之后，她同男人们两次去找那个地方，都寻不着那个洞穴以及那个爬满藤蔓的神秘入口。"南瓜"原本能将他们带到那个地方，可是大雨洗净了他们留下的气味，玛格丽特并没有感到惋惜。

就这样过了一个星期，海普莎姨妈让赛斯捎来了她的邀请。

"她说她计划弄台织机织布了。"赛斯告诉多莉，"她期待着你能让麦琪连同双胞胎姐妹过去打下手，她们可以在那里住，我会把她们送回家。自从伊桑走了以后，剩下她一人挺孤独的。"

玛格丽特直到多莉点头同意，才小心地停下手中的活儿，站起身来。双胞胎姐妹这时已经跑到前面的小湾中了，弄得玛格丽特也想像她们一样兴奋地喊、高兴地跳了。

"你同双胞胎姐妹一定要懂事，不要给我找麻烦。"多莉抱着小黛比，拉着芭迪以及雅各布在门口叮嘱道。

"好的，太太。"玛格丽特回复说，声音很轻柔很乖，想起马上要见到海普莎姨妈了，她就按捺不住地高兴。

"回头见，麦琪！"雅各布以及芭迪挥手道别，他们尖尖的声音刺破了晨光，"再见啦！"

她们来到海普莎姨妈家，海普莎姨妈的确是任何时间都不放过，马上给她们安排活干，织棚被羊毛以及染料塞得满满的，还有几块不明用处的木头。

"这几天，我不停地织布，像极了一个疯子。"她兴

奋地同她们说着话，
"我已纺好了长线，
你们两个小姑娘就负
责坐在那边的地板上
将短线缠在玉米芯上
面，学我这样就行。
麦琪，你帮我把
织机架起来。"

"天啊，这
太大了！"玛格丽特直勾勾地盯着那个硕大的木头架，甚至
有一丝害怕呢！

"确实如此，"海普莎姨妈也这样认为，"但是之前我的
妈妈告诉我，织机越重，费的力气越少，这样看的确如此。"

此刻，她在教授玛格丽特怎样整经以及穿线，这种活耗
费时间以及力气。经轴当中是一个木楔，要想将它穿到上边
的锯齿上没有几个人是办不成的，并且，每个口都对应着一
根线。这个口被海普莎姨妈称为"综眼"。这些线的排列还
要遵循图纸。玛格丽特不会读图，"上了年纪"的图纸上画
着几个点和几条线，稍微有点褪色。

"真是神奇啊！"玛格丽特忍不住地向海普莎姨妈称赞
道。

"好吧，我倒没有觉得神奇。"海普莎姨妈说道，面容
很慈祥，"这上边的符号对我来说如同是法语对你来说那样

容易。"

玛格丽特开始了她的工作，态度十分认真。她坐在织机前的一个小凳子上面，以便更容易地接过从综眼穿出来的线头。一开始并不是很顺利，不是缠到拇指，就是脱了线，搅在一块儿。不一会儿，她就能轻松驾驭了，手指操作娴熟，几乎每一次穿出来的线头都能接到。

"我们现在正在织'辉格玫瑰'，"海普莎姨妈在一旁向她传授着经验，"冬天能否温暖地度过全靠它了。我用黄樟树根皮将这些毛线染成红色，正好搭配月桂染成的黄毛线。"

"海普莎姨妈，你是怎样将这些图案画出来的呢？"双胞胎姐妹停下手中的活，凑在她身旁。

"你们耐心往下看就明白了，"她说，"瞧，我将脚搭在踏板上，之后这线就能够上下动了——就是这样。"

"咱们配合得很完美，"海普莎姨妈将两根线绑在一块儿，"我倒一点儿没感到疲倦呢，真期待着织机能够永远不要停下来。"

"我也期待，"玛格丽特叹了口气，"倘若我不是女佣就最好不过了。"

"总会等到不再是女佣的那一天的。"海普莎姨妈安慰道，"你会结婚，组建自己的家庭。"

"但是，我得在萨金特家干到十八岁才能离开呢。"她又补充说道，"谁又能知道以后会发生什么呢！"

"确实是这样，可是，假如你活到我这个岁数，很多事情也就变得无所谓了。"她将线收紧，改成另一种语气，"但是有一点是很清楚的，你需要一双鞋，我说的是，我看看你能否穿上鞋。"

这一天实在是太美好了，食物是美味的，空气是甜美清香的，眼瞅着在海普莎姨妈的巧手下，一缕缕丝线变成了针脚细致、暖和舒服的羊绒布。这种织起来比较容易，不存在复杂的图案，仅仅需要将羊毛按照之前的纹理织进亚麻线中，时不时地将一根黑线插入，经过这种变化，外表就成了灰色。玛格丽特不一会儿就熟悉了这种方法，梭子在她的手中转动得飞快，从早忙到晚。木头撞击演奏出的旋律整齐明快，甚至玛格丽特认为自己也是机器的一部分。

晚餐很丰盛，从萨金特家上梁直到现在，她们从未吃过这么丰盛的食物。一见到餐桌上摆放着的炒鸡蛋、热气腾腾的玉米蛋糕以及几碗牛奶，双胞胎姐妹眼睛都直了。玛格丽特吃得很顺心，她认为，可以坐在餐盘摆放齐整的饭桌上，用着锡铅勺子，平平静静地吃上一顿饭是多么奢侈的事情啊！

吃过晚饭，赛斯将他的小提琴搬了出来，为苏珊以及贝基表演了两首曲子。玛格丽特以及海普莎姨妈在厨房清洗餐盘。

双胞胎姐妹熟睡之后，海普莎让赛斯找来一块牛皮，将玛格丽特的脚形画在上面，不停地拖动牛皮，从脚趾到脚背，直到找到最恰当的地方，才用皮带将它稳定下来。

"这样较为舒适，"海普莎姨妈说道，"可是你要放在靴子里穿，或许不太宽敞。"

赛斯拿起一盏旧灯，出门检查奶牛，不一会儿，他跑了回来，呼唤她们赶紧到门口。

"赶紧出来，有北极光！之前从未瞧见过！"赛斯说。

玛格丽特向着他手指的方向看去，奇特的光芒布满了北面的天空，如同幽灵般细长的白色光线刺破海峡以及黑暗的海岸飞向远方，照亮了整个夜空。有时，会看到绿色的光环从中穿过，不一会儿却又变成了奇异的红光转眼消失。大家身处无尽的暗夜中，目睹着极光耀眼的光芒，不由自主地感到几分凉意。

"瞧，北极光在那里形成了一个发亮的光环。"赛斯告诉她们，"能这么清晰地看见真是罕见啊！"

"这意味着什么？"玛格丽特的心怦怦跳着。

"这意味着寒潮即将到来，"赛斯说道，"假如你听信印第安人说的话，战争以及饥荒就在路上。"

"赛斯，你可真有勇气同小姑娘讲这些事情啊！"海普莎姨妈说道，她步伐灵活，愉快地踏进屋中戴上了眼镜，"我打赌，冬天即将到来。就是这样，即使没有北极光，我都能体会到。冬天正在路上！"

第三季 冬

蒂莫西和伊桑回来有几日了，货物也已经卸完了。那天，星期天岛上有个奇特的集会——剥玉米大会，萨金特一家，除了艾拉，全都激动不已。小船回来后，他就一直郁郁寡欢。玛格丽特猜测，可能是因为伊桑带回来了六个瓷杯送给了阿比的传闻。大家都没见过这些茶杯，但玛格丽特听蒂莫西说，这些杯子上印有一些嫩枝芽的图案，花了伊桑不少钱。

"大概有一英镑，"多莉开始夸大其词，"有可能我还说少了呢，波士顿的真瓷茶杯卖多少钱我都知道，好像比朴茨茅斯卖的还要贵。"

"看来伊桑一定钟情于阿比，所以买了这么贵的杯子送给她。"此时，乔尔瞄了艾拉一眼，继续说，"但是听说他买的毛皮和鱼干却不贵。"

"伊桑讨价还价很在行。"艾拉接过话，然而玛格丽特却发现他说话时愁眉不展。

十一月的天气非常阴冷。海峡里巨浪翻滚。迦勒和乔尔划着大渔船，压舱的是多莉、黛比和双胞胎姐妹，而艾拉、玛格丽特以及两个小孩坐在小艇上。虽然艾拉是个划船好手，但他们身上还是会时不时地被溅上冰冷的海水。芭迪和雅各布两个人裹着一条旧披肩，相互依靠着，紧缩在一起。玛格丽特脚上穿着牛皮鞋，鞋和袜子都是海普莎姨妈给她的，只是身上穿着的棕色麻布裙子，已经非常旧了。她刚到萨金特家做女佣时，多莉给她做了这件棕色麻布裙子。目前过了一个夏天了，这件衣服已经快没法穿了。原来裙子到她的脚踝，但现在只盖到膝盖，并且腰身也非常紧绷了。多莉曾看着这身衣服，摇头说这衣服已经不合身了。玛格丽特就在外面套了一件多莉的带兜帽的旧斗篷，但这件斗篷穿在她身上又太大了，显得裙子更小了。可她仍旧很兴奋，因为剥玉米大会马上就到了，对于衣服的问题她倒不在意。最起码，她还有两根柔顺光滑的黑辫子，上面还用一截黄色羊毛给我系了起来。

"到时候能吃到蜜糖蛋糕，海普莎姨妈告诉过我。"这句话，芭迪都说了不下十遍了。

"每个人都能吃到，"雅各布严肃地说道，"只不过这要根据剥的玉米粒多少而定。"

艾拉不像入夏时那么喜欢跟孩子们开玩笑了。玛格丽特瞥到艾拉双唇紧闭，心不在焉的，他那浓密的红棕色头发被海风吹起来了，玛格丽特还注意到，他剃掉了下巴上的短胡须。如果她现在有念珠，她肯定会为艾拉默默祈祷的，祈祷艾拉能开心起来，也祈祷比起伊桑，阿比更喜欢艾拉多一些，假使艾拉对阿比是真心的。然而这种想法仅限于想想，她并没有真的去祈祷，因为她此刻没有念珠，并且她认为感情的事是不能随便讨论的。

这次的剥玉米大会跟之前上梁时的场面一样热闹，只不过这次男人们的任务就轻松多了。脱粒的玉米穗已经把乔丹家的厨房和橱柜都堆满了。先到的人们已经开始剥了，金黄色的玉米粒被倒进了圆木桶里。玛格丽特还是像往常一样，在照看小孩子们。

"这些小孩，连钝刀都还不会使。这样吧，你带他们去门口堆玉米芯吧。"海普莎姨妈嘱咐玛格丽特。

摩西家的孩子生病了，除了他家没来，其他邻居此刻都聚在这里。玛格丽特看到阿比穿梭于厨房和餐厅之间，正在帮海普莎姨妈做吃的。她身上穿着蓝色的亚麻呢外套，前襟上还系着一方白手绢。她的脸蛋被炉火烤得红扑扑的，就像海普莎姨妈曾说的"像花儿一样娇艳"。玛格丽特从阿比身上回过神来，似乎听到大家正在热烈地议论着红色玉米穗。她好像听到大家说，发现红色玉米穗的人会在这一年收获美满的爱情和婚姻。

"伊桑正拼命地找红色玉米穗，"迦勒走过玛格丽特身旁时，夸张地说道，"要是他剥的玉米最多，我认为他一定能找到。"

但是艾拉和伊桑最终也没看到红色玉米穗，倒是玛格丽特，阴差阳错地向木桶后的角落里看了一眼，竟看到了其他人求之不得的红色玉米穗。

"可能是一不注意就滚到这里了，"她发觉自己此时的心脏加速地跳着，"只是，被我看到了。"

没人向她这边看，甚至连孩子们也不在这里，而是跟剥玉米的人在另一个木桶那边。她飞快地捡起了玉米穗，然后藏到了裙子底下。

"主啊，保佑我能找到红色玉米穗吧！"伊桑边剥玉米边高声祈祷道。

"红色玉米穗被我捡到了，我先发现了。"话到嘴边，玛格丽特又咽下去了。

忽然一个想法产生了，并且一直萦绕在她脑子里。她抬头寻找着艾拉，看到他黯然神伤，一直坐在那里剥玉米，但显然不像伊桑那么投入。并且阿比此刻并没有朝他的方向看去。玛格丽特怀揣着这个不为人知的秘密，拿着红色玉米穗向艾拉的方向靠近。

"艾拉。"她喊道，但声音消失在喧闹声中。艾拉没有听见，依然目不转睛地看着玉米堆里忙碌的众人和马不停蹄地搓玉米的一双双手。直到玛格丽特走到他身边，拉了拉他的衣服，他才发现玛格丽特。

"什么事？"艾拉心神恍惚地问道，但是眼睛马上又看向前方。

"给你这个，"这时，大家只顾着在木桶旁谈笑，玛格丽特趁机悄悄说道，"拿走吧。"

那个大家求之不得的红色玉米穗瞬间就到了艾拉手里，玛格丽特急忙用食指在嘴边做出"嘘"的动作，让他别告诉别人，然后就转身离开了。众人没有发现这里发生了什么，也没人注意当他亮出手里的红色玉米穗时，冲着玛格丽特做了一个感谢的微笑。

"艾拉叔叔找到红色玉米穗了！"双胞胎姐妹看到艾拉手里的玉米穗，兴奋地喊了起来，边喊边蹦了起来，头顶的辫子随之上下跳动，"他找到红色玉米穗了！"

"哦，太狡诈了！"赛斯高声说，"我们在这儿找得手都快断了，倒是你，这么早就站起来了，是不是早就找到了？"

听到大家开心、热烈地笑着，玛格丽特黝黑的脸颊开始发烫，她比谁都明白艾拉是怎么找到红色玉米穗的。

"阿比，你可得防着点儿艾拉了！"阿比的哥哥开玩笑说，"当然，你也是，伊桑！"

大家忙完后，都围坐在桌子旁，还在热情高涨地谈笑着。玛格丽特带着孩子们也凑到了桌子旁边，听着他们聊天。看到艾拉的脸上又露出了笑容，玛格丽特满心欢喜。她思忖着，也许那六个印着嫩枝芽的瓷杯也说明不了什么吧。艾拉的夹克上有一处补丁是她竭力给缝好的，但依然还是像"伊丽莎白号"的帆上的补丁，疙疙瘩瘩的，看着让人不舒服，对此，她有些遗憾。

吃饭之前，赛斯俯首祈祷，大家也都把头低下了，芭迪和雅各布也不例外。

"万能的主啊，"赛斯郑重地祈祷，"请保佑我们的庄稼和牲畜，请保佑我们所有人！"

说完，他停顿下来，不知道还祈祷什么。此时，有个女声从桌子另外一边响起："请保佑我们不再被印第安人骚扰，阿门！"

　　"阿门！"大家同时说道。玛格丽特趁大家不注意，迅速地用手在胸前画了个十字。

　　自从离开法国后，玛格丽特就从来没吃过像今天这样丰盛的菜肴了。然而，餐后发生的事让她更加印象深刻。吃完饭，等桌子、碗碟收拾干净后，赛斯拿出了小提琴，拉起了熟悉的旋律。小提琴换上了伊桑带回来的新琴弦，琴弓在上面拉得更流畅了。赛斯那双关节突出的手拿着琴弓，在琴弦上不停移动，动听的旋律萦绕在整个屋子里。玛格丽特不由得暗自感叹，多美妙的音符啊！有时，高音会突然来临或突然停顿一下，但没人在意，赛斯仍然投入地拉着。大家的脚情不自禁地随着曲子在地板上打着拍子。如果听到熟悉的曲子，大家还会跟着曲子一起哼唱着。但是只有海普莎姨妈才能唱出时不时出现的高音，她那嗓子历经风霜，但依然甜美动听。她唱起了《斯普林菲尔德山脉》这首歌，这是一首悲伤的歌曲，歌词大意是一个年轻人的爱人被蛇咬死的伤感故事。在玛格丽特的一再央求下，海普莎姨妈又唱起了《月桂精灵》这首歌谣，玛格丽特很开心能再次听到这首歌。尽管玛格丽特对这首歌已经铭记于心，但当她听到年轻人因失去爱人朱迪而受尽痛苦时，心里仍然感伤不已。

　　夜风彻骨，雨雪霏霏，

　　我彷徨着，不知所至，

　　我们的真爱逝去，只是为了卡利柯！

　　卡利柯啊，印着嫩枝的卡利柯！

唱到最后一节时，那忠告意味深长，又充满了悲情。

姑娘们啊，当你们路过这片月桂树时，

请聆听这古老凄然的故事，

不要因一时浮华让爱情消陨，

还去责怪那印着嫩枝的卡利柯。

卡利柯啊，印着嫩枝的卡利柯！

后来，板凳和椅子都被搬到了旁边，一首圆舞曲的旋律从赛斯的小提琴里流淌了出来。

"我们跳起来吧！"玛格丽特随口说了一句。让她惊讶的是，大家竟然真的都开始舞动起来。男人们站成一排，女人们站成一排，每个男人都移动着，轮流牵起自己对面女伴的手，拉着转一圈。双胞胎姐妹中间站着玛格丽特，她们拉着她的手激动不已。玛格丽特以前在法国从没跳过这种舞，她觉得这就像是在做游戏。其他人拍着手打着拍子，唱着：

人人都入睡，

夫妻来偷羊，

手上拿着盐，

过来，过来，小羊，小羊！

大家两两跳着，转着，其他人都给打着拍子，嘴里唱着：

船桨不划，

船桨不划，

直到吻了那个女子，貌美如花！

大家跳着，笑着，拍着，气氛何其高涨。虽然玛格丽特对面的迦勒不会转圈，她仍然心潮澎湃、热血沸腾。

曲终舞停，大家都跳得气喘吁吁，满脸通红。但艾拉仍然跳着，拉着阿比的手一直转着圈。

"海普莎姨妈，你跳支舞给我们瞧瞧吧。"有人提议道。赛斯接着换了一首节奏明快的曲子。

海普莎姨妈表面上没有回答，但她轻盈的舞步已经证明她欣然应允。厨房中央只有她一个人的身影，她轻快地旋转，裙角也随之飞扬。她脚上穿着自家做的布鞋，舞步轻盈曼妙，时而踮脚，时而点脚跟，时而侧倾，时而转圈，时而抬左脚，时而抬右脚，时而前进，时而后退……年迈的老奶奶舞步如此轻盈美妙，着实让玛格丽特吃惊不小，她聚精会神地看着老奶奶那小孩子般绯红的脸颊。

"呼——"海普莎姨妈吐了一口长气，喘息着坐到了椅子上，拿着围裙给涨红的脸蛋扇风降温，"我好几个月没献过丑了，不过我的膝盖好像比我想象的要灵活些。"

"下面谁来跳？"赛斯拨弄了几下琴弦，调了调弦，准备着下首曲子。

"我来吧，"玛格丽特小声说道，"我来跳帕凡舞。"

她起身走到厨房中央，眼睛注视着大家，她看到孩子们的眼睛里满是惊讶，看到汉娜和多莉脸上现出不屑一顾的表情，还看到海普莎姨妈赞许地点了点头。这时，小提琴声响了起来。

"开始吧。"她给自己打气，然后开始舞动起来，她已经很久没有跳过帕凡舞了。

赛斯演奏的曲子跟皮尔斯叔叔教她的不一样，但她还是能跟上节奏。随着旋律，她不时踮脚、滑行……此刻，她在乔丹家的厨房里翩翩起舞，无拘无束，仿佛置身于大海对面的勒阿弗尔。熟悉的舞步和旋律瞬间全都从她的脑海里闪现出来。她的舞步如此轻盈，甚至连脚下的地板都感觉不到了，她感觉自己自由洒脱，就像在空中飞翔一样。她不停地旋转着，周围人的脸都模糊了。正转着，一个辫子散开了，在她肩上披散着，不时地拂着她的脸；衣服里挂着的纽扣和戒指也跟着不停地荡来荡去，不断地撞着胸口，直到音乐声骤然而止，她才停下了脚步，好久之后才缓过神来。

然后，大家开始交头接耳，说长道短。

"孩子，你跳得真棒，是我见过跳得最好的！"海普莎姨妈不由得赞叹道，"你长得这么瘦，还跳得那么棒。"

"看她跳的什么舞，可得防着点她！"一个男人高声说。

"是啊，"有个人附和道，"听说法国人都很轻佻！"

"是的，而且还偷东西！"乔尔抱怨的声音传到了玛格丽特的耳朵里。

"有教养的人绝不会学这种舞的，像我们这样的。如果我们的孩子学这种舞，我的脸肯定都被丢光了，嗯，是这样的。"汉娜补充道。

"法国人的教育跟我们的不一样。我敢肯定，她不是特意去学的，但他们的血统可能就是这样的。"多莉替玛格丽特打抱不平道。

"好了，好了，跳个舞怎么这么多事？"赛斯把小提琴放到一边，说道，"我没觉得她跳的舞有什么不妥当的，跳得挺好的。"

"这件事就没法用'妥当'这个词。"坐在角落里的凯特突然开口，"如果她是我们家的用人的话——"

"《圣经》里的大卫王在上帝面前跳舞，上帝都没说什么。"海普莎姨妈打断了她。

玛格丽特的心脏在粗布衣服下面怦怦直跳，因热烈的舞动而血脉偾张，但是听到大家的这些话，她突然感觉黯然神伤，疲惫不堪。赛斯拉着节奏欢快的曲子，大家随之起舞，这本来是一件多么欢乐的事情，但大家为什么把她往坏处想呢？她默默走到窗前，把滚烫的脸贴到冰冷的窗户上，给自己的脸降降温。

她贴在窗户上，突然发现，海峡对岸的萨金特家后面的树林中有一股淡蓝色的轻烟升了起来。白天变得非常短促，天色很快就暗下来了，但凭借黄昏朦胧的光线，轻烟依稀可见。她不由得心头一紧。她回忆起了那段痛苦的往事，而那从树林里升起来的轻烟仿佛给了她一个警告。她身后的议论声仿佛渐渐远去，海浪拍打礁石的声音也仿佛遥不可及。她知道一定要把这件事说出来，但必须要小心谨慎，因为之前她给乔尔看皮扣和头发的时候，乔尔警告过她："我们最好对这事只字不提。"

她一把抓住经过她身边的迦勒。

"Regardez-là！"她竭力地压低声音说道，"我是说——看那里！"

迦勒顺着她的手指看去，然后眯起了深蓝色的眼睛。平时，玛格丽特不经意间说出了法语，他都少不了讥笑一番，而此时他已将嘲讽抛之脑后。

"啊，印第安人，"迦勒小声地说，"肯定是他们！"

迦勒一路小跑，去告诉爸爸乔尔。然后，玛格丽特就听到一阵嘈杂的声音传来。玛格丽特不知道他们说了什么，只听到断断续续的一言半语，但她心里明白，远方的那股轻烟让暖和舒适的厨房立刻充满了寒意。每个人都知道，那股烟升起，表明印第安人来了。

"印第安人好久都没出现在我们眼前了。"汉娜戚戚说道，"为了不再看到印第安人，我每天晚上都向上帝祈祷，感谢他让我们这么长时间都没受印第安人的侵扰。不过，我们的好日子到头了，又得开始担惊受怕了。"说着，她开始感到不安，脸色苍白。

"或许这只是向北迁徙的人，经过我们这里而已。"斯坦利心存侥幸地说道。

"应该不是。"赛斯把烟囱上的火药桶和滑膛枪取了下来，"从那股烟来看，那火堆不小，正好就在春天那场灾难发生的地方，就是弗林特家走了之后发生的那次。乔尔，我跟你说过别在那里住了，迟早会被他们给轰走的。"

“不可能，这种事怎么可能在我们身上发生？”说着，乔尔接过滑膛枪，往肩上一扛。

“不管发生什么，那里都有房子啊。”海普莎姨妈注视着越来越暗的天空，提醒道。

“要是您能暂时收留多莉和孩子们，那就太好了。”乔尔向海普莎姨妈恳求道，“我跟迦勒和艾拉去那边看看什么情况。”

“啊，乔尔，别去，不要去！”多莉几乎哭了出来，“万一那里有上百个印第安人，你们三个人去了也白搭呀。”

“那我也不能在这里眼看着他们放火烧我们的房子啊，不能被他们烧第二次！”乔尔坚定地说，“我们辛辛苦苦盖了房子，就应该保护它不受别人侵害。”

然后，男人们凑到一起，开始商议如何前去保卫家园。他们手里拿着滑膛枪，伊桑趁大家商量的间隙马不停蹄地往火药桶里装火药。虽然萨金特一家要在这里住一宿，大家心里都不情愿，但他们也不能看到邻居遭殃而漠不关心。最终，大家讨论决定，让萨金特家的三个男人带上伊桑和蒂莫西一起去。

“我跟斯坦利和南森在这里防守着。”赛斯说，“他们两家和摩西家都有可能被袭击。希望印第安人别朝西或朝东走，朝北走就好了。”

芭迪拽着玛格丽特的衣服，同凯特和双胞胎姐妹一起被吓哭了。雅各布听到他们这么说，也不由得噙着泪水。

"麦琪，'南瓜'会不会有事？万一被印第安人给牵走了呢？"雅各布凑到玛格丽特跟前，悄悄对她说。

"他们应该跑不过狗的。"玛格丽特宽慰他道。但想到他们当时带着不幸的小狗来到这里时的情景，她不禁感到悲戚。

男人们出发时，女人和孩子们站在门口目送他们离开，久久不肯回屋。赛斯则带着其他男人去海边把船推进了海里。霭霭暮色中，乔尔带着伊桑和迦勒迅速走进了海岸和木屋之间的树林里，然后消失不见了，而艾拉和蒂莫西落在后面。正在这时，玛格丽特看到阿比的身影冲他们飞奔了过去。

"艾拉！"玛格丽特听到阿比细弱的哀求声，与平时那个淡然安静的女子判若两人。"艾拉，你能不能别去？求你别去！"

"不能！阿比——"虽然两个人什么表情不得而知，但玛格丽特能听出艾拉话语中的沉静。"不要这样，我非去不可！"

"要是，万一，我说万一，发生什么事——万一印第安人——能不能找其他人去？"这时，玛格丽特看到阿比向他走近，艾拉把手里的枪放到了地上，然后把她拥入怀中。玛格丽特不禁双颊发热。

玛格丽特一直注视着他们的拥抱，没听到艾拉的回答。之后，艾拉就随着蒂莫西跑向了树林里。当阿比回到大家身边时，没人开口说话，她没有停下脚步，而是从大家旁边跑了过去，一声声伤心的抽噎声传到了玛格丽特耳中。

"顺其自然吧，阿比。"门前的台阶上，汉娜对阿比说道。

"别管她了，汉娜。"海普莎姨妈插话道，"只有在紧急危险的情形下，姑娘才能明白自己的内心。"

"可伊桑送给她瓷杯她也没拒绝啊。"汉娜说。

"哦，是的，"海普莎姨妈解释，"但是，瓷杯不代表爱情，即使瓷杯是我的孩子送给她的我也会这么说的。"

当天晚上，大家在乔丹家里，没有再说起爱情这个话题。黑夜降临，安德鲁和三个男人还没回家。在面朝大海的窗户前，他们轮换着趴过去向对面眺望，寻找着漆黑夜里的些许亮光。他们商定，一旦有情况不要贸然开枪，而是点火发出信号，这样不会惊动印第安人，也节省了火药。

"乔尔他们得在木屋那里待一宿，"赛斯说道，"我嘱咐过他们，走的时候一定要把火给熄了，印第安人的鼻子灵着呢。"

"哎？怪了，'南瓜'怎么还没叫？"海普莎姨妈疑惑道，"每到这个时候，总能听到狗叫声从海对岸那里传过来，要是印第安人上岸的话，那也该听到它的叫声了啊。"

芭迪和雅各布听到海普莎姨妈的话，立刻伤心地哭了出来。玛格丽特在一旁劝解着他们，但其实她自己也忧心忡忡。玛格丽特本想整晚都跟大人在一块儿，但他们不想让孩子们跟他们在一起，玛格丽特只好把孩子们领到了阁楼上，这个阁楼是赛斯和伊桑原来睡觉的地方。阁楼低矮阴暗，但也比较温暖。上面的两张床容不下那么多孩子，海普莎姨妈给他们抱来几床旧被褥，玛格丽特和芭迪铺着旧被褥睡在了地板上，雅各布睡在另一张床上。芭迪在被窝里蜷缩着，呜咽声越来越小，直到睡着。

而玛格丽特翻来覆去，无论如何就是没有睡意。此时，她的神经绷得就像小提琴琴弦那样紧。她闭着双眼，试图强制让自己入睡，但毫无作用。她索性睁开眼，看着从地板缝里透进来的楼下的灯光。她竖起耳朵仔细听着楼下低沉的嘀咕声。她的耳朵里传来了阿比的轻啜声，还听到海普莎姨妈去餐厅倒了一杯牛奶给她；间或，还有滑膛枪碰到地板的声音传来，她知道，这是守卫在窗边的男人们在换岗；偶尔，还有柴火被填进壁炉里、树皮被烧得嘶嘶作响的声音。阿比的说话声也夹杂在其中，玛格丽特猜测着，她说了什么话，她心里有什么感受，玛格丽特的脑海里又无故地呈现出了艾拉和红色玉米穗的影子。这件事好像已经发生了很长时间了，又好像是在勒阿弗尔的事情，又好像是他们从马布尔黑德离开时发生的。她怀疑，红色玉米穗可能也没那么神奇。或许艾拉从她手里接过红色玉米穗前，阿比就已经爱上了艾拉。然而，发生的这一切就像古老的传说或民谣那样神奇。或许将来有一天，他们也能像月桂精灵一样，出现在传说或民谣里，在他们过世后依然被人们时常诵起。可有关爱情的歌谣或故事总是会有个悲戚的结尾，但愿阿比和艾拉的爱情故事是个例外。上帝肯定会知道，印第安人离开自己的家园是何等重要，同样，阿比、艾拉还有所有人都是多么重要。

如果上帝看到他们千辛万苦地修建好房子，肯定不忍心让他们再遭遇侵袭的。她坐在黑暗中，用自己通晓的英语、法语和拉丁语虔诚地祈祷：

"哦，上帝，圣母马利亚，请保佑我们免受印第安人的侵扰！圣灵和圣徒们，请将他们驱赶走，不要让这里发生冲突！请保佑我们所有人，请保佑我们的家园！上帝啊，请帮帮我们！"

她不停地祷告着，就像手里拿了念珠那样祷告着。她祷告了十遍、二十遍、五十遍、一百遍……仍然不停地祷告着。

她在祷告中睡了过去，等她醒来，已经是第二天早晨了，阳光穿过狭小的窗户照进阁楼里，孩子们依然在温暖的被子底下沉睡着。楼下传来燃烧木头的"噼里啪啦"的响声，还有厨房里来回走动的脚步声。玛格丽特怕把孩子们吵醒，就小心翼翼地穿上衣服，蹑手蹑脚地走下了楼梯。海普莎姨妈正在忙里忙外地做饭。阿比则在桌子旁摆碗叉，无精打采的，像是彻夜没睡。看到玛格丽特走下来，她勉强地笑了笑。昨晚在屋里扛枪守夜的男人们都不见了，海普莎姨妈小声告诉她，他们早早吃完饭就去海角那里了。清晨的阳光格外明朗，玛格丽特向外看去，看到海对岸的木屋依然矗立着。她回头看到海普莎姨妈的目光，心知肚明，终于不用担心了。

"别打扰他们，让他们多睡会儿吧。"海普莎姨妈看着卧室，压低声音说，"他们一晚上没合眼，天都亮了才去睡。今天会有什么事发生还不知道呢。"

然而，事情比他们想象的要好一些。那天晚上，印第安人并没有把木屋给摧毁，只是那头母牛老布林多和小牛都找不到了，另外，棚舍里还丢了一袋粮食。似乎"南瓜"在尽职尽责地保卫着他们家，不远处，松软的地上有不少杂乱无章的狗爪印，再往前走，还能看到好像有人流血了，血迹洒在了路上。从昨晚树林里的轻烟推测，他们在这里烤牛肉了，那两头牛应该再也找不到了。现在大家开始担心，印第安人说不定什么时候就会从林子里跑出来给他们来个突然袭击。

"他们刚吃完新鲜的牛肉，酒足饭饱，刚好有劲儿。"赛斯警告道，"女人和孩子们最好在岛上多待一会儿。"

但乔尔拒绝了他的好意。他心里明白，邻居并不愿意他们去叨扰，再说，他也不想欠这个人情。昨晚乔尔家的女人和孩子们住在岛上，虽然邻居们嘴里没说什么，但他也能猜到他们真实的想法是什么样的，因为他知道平时他们都是怎么在背后议论别人的。

第二天，正午时刻，大家都回家了，玛格丽特和孩子们也都离开星期天岛，回到家了。"我们应付得过来。"乔尔告诉大家，"黛比现在大了，不喝牛奶也没事了，即使来一大拨印第安人，我跟艾拉两人也能应付得过来。"

"只要有枪声，我们就马上奔过去帮你们。"赛斯信誓旦旦地说。

蒂莫西眯缝着眼睛，向荒漠山方向看去，那边的天阴沉沉的。"看样子要下暴雨了，"他说道，"这也意味着，雨不停，他们不会出来。"

"我猜印第安人只有两三人，不是一大群人，"南森猜测道，"可能他们在向北迁徙时，吃光了食物，所以就去抢你们的了。"

"无论如何，待在屋里别出去是最好的选择，等危险一过再出门，丢头牛总比丢了脑袋强。"多莉接过话来说。

蒂莫西的猜测无误，暴风雨确实马上就要降临了。北边和东边的天空乌云密布，海面上波涛汹涌。此刻，再闲扯他们就走不了了，暴风雨降临之前，他们必须回到家里。他们迅速登上各自的小船，然后朝着自家的方向驶去。他们的小船越驶越远，直到变成几个小黑点，然后消失不见了。

"我真不想让他们走，"多莉边说边回到了木屋里，"下次他们再来还不知道什么时候呢，也不知道会有什么事发生。"

渐近黄昏，东北风不停地刮着，然后暴雨如注，砸在木屋顶上噼啪作响，屋檐上的雨水如瀑布般倾注而下。门外的木挡板和窗户都被关上了，屋里顿时昏暗起来，唯一的光源是壁炉里的炉火，尽管里面添加了助燃的松球和四根粗圆木，但火势依然微弱。烟囱里也灌进了雨水，雨水沿着烟道流到了壁炉里，瞬间浓烟四起，然后充斥到屋里的每个角落，水也一直往下滴答。

"我的眼睛被烟熏得好痛，睁不开了！"芭迪的眼睛都被他揉红了，"真难受！"

"大家都被熏得不舒服。"迦勒也发着牢骚，"我的眼泪都没停过，手里的木勺都看不清了，都没法削了。"

"幸亏当时跟修女们学会了盲织毛衣，要不被烟熏得睁不开眼，指不定织漏多少针呢。"玛格丽特对孩子们说着，手里织毛衣的活一直没停。

"还好我们的屋子还不是那么糟，我们这就算烧高香了。"多莉摇着黛比的摇篮说道。

艾拉对他们的谈话置若罔闻，独自沉思着。玛格丽特胡乱地想，他会不会在想阿比和剥玉米大会里的事？乔尔正在一截打算做水桶的空心云杉树桩上坐着，看起来忧心忡忡。他平日里劳神费力，睡眠不足，现在似乎更加疲惫不堪了。上个夏天，他开始留胡子了，硬硬的灰白色的胡子，玛格丽特认为他这样看上去似乎老了好几岁。

"我们当初带了十六只鸡来，目前只剩四只了。"乔尔对多莉说道，"被野鸟叼走三只，被印第安人偷走九只，能剩下就不错了。"

"看来今冬，吃鸡蛋是指望不上了。"多莉叹了口气，"两头牛也被偷走了，今后的日子怎么过呀？"

"守着大海还能饿死了？我们去打鱼、打猎，一样能过得不错。"乔尔安慰道。

在炉边的饭桌上吃饭时，大家都闷不作声。

"借着暴风雨的机会，我们再享受一下所剩不多的甜蜜时光吧。"多莉一边让大家在烤熟的玉米饼上抹点糖蜜吃，一边说道。

乔尔夫妇沉重的话语和忧虑不安让屋子里就像被冰冻了一样寒冷。玛格丽特也疲惫不堪，她感觉自己好像突然老了很多。伴着赛斯的欢快曲子翩翩起舞恍若发生在五十年前，而不是昨夜。她脑海里又回想起了迦勒的讥讽，内心感觉像针扎一样难受。她想起了他乐此不疲的嘲讽："我看你们法国人比印第安人也好不了多少！你们这些法国人！你这个法国佬！"她深吸一口气，飞速地织着毛衣，拼命让自己从这些事情里摆脱出来。

不久，门外有个声音，虽然下着暴雨，却显得格外清晰，由微弱的蹭门声变成木板被硬东西碰撞的声音。他们全都警觉地站了起来，紧张地听着外面的动静。

玛格丽特突然喊道："似乎有东西在撞门，想进来！"

"好像是，"艾拉回应，"现在又去另一边撞了。"

"'南瓜'！是'南瓜'！"雅各布躺在地上，正睡眼蒙眬，听到这个声音，马上跳了起来，大喊起来，"是'南瓜'！就是它！"

"怎么可能啊，没听到它叫啊。"迦勒说。

艾拉拿着滑膛枪走向大门，大家都紧跟在他身后，他慢慢打开门闩，轻轻地把门敞开一条缝，滑膛枪紧紧地握在手里，然后小心地把脑袋伸了出去。

"小心！"多莉担心地说道，"别把头伸那么长。"

她的话音刚落，就有个黄毛脑袋从门缝里挤了进来，然后，就看见消瘦虚弱、浑身湿透的"南瓜"从艾拉的两腿间钻了进来。

"'南瓜'，我知道肯定是你！"雅各布喊着，扑向浑身湿透的小狗。

"不幸的小家伙，小可怜！"小狗走到玛格丽特跟前就再也走不动了，跪倒在她前面了。

小狗全身湿淋淋的，毛发都贴在身上，脊背上的肋骨形状清晰可见。玛格丽特抬起小狗的脑袋，放到膝盖上，然后用手轻轻地给它梳理乱糟糟的毛发。

"快去拿点儿水来，"她对孩子们说，"再拿把刀！"

雅各布听到后半句，马上喊叫起来，玛格丽特急忙解释："你误会了，我不是要伤害它，它受了这么严重的伤。你瞧印第安人把它伤成什么样了！"

等大家看明白了，才知道为什么没听到'南瓜'的叫声。它的嘴巴被印第安人用一根皮带给绑了起来，动弹不得。它可能想用爪子给撕抓开，可是把嘴巴和鼻子都划破了，皮带也没松开，而且脖子上的毛也在挣脱绳子时几乎磨没了。不仅如此，它身上还被划了一道又长又深的口子。

"真可怜，它差点儿被印第安人给折磨死！"艾拉同情地说。

孩子们围在小狗旁边，都伤心地落泪了，玛格丽特也感觉到眼泪都涌到眼眶里了。

"看它的尾巴,"雅各布呜咽着说,"它在向我们摇尾——它在说它就是这样想的。"

"不管怎样,它终于回来了。"迦勒说道,脸上闪现出罕见的表情,"我把皮带给解开,让它先喝点水。"

然而,小狗由于长时间没有喝水,舌头肿得很厉害,动都动不了。玛格丽特用手舀了一些水,让水顺着嘴巴流到它的嗓子里。小狗抬头看了看她,目光里尽是感激。

"南瓜"回家后,多莉跟孩子们一样激动。雅各布之前受伤时,海普莎姨妈给准备了不少长布条和药膏。此时,多莉取来长布条和药膏,把"南瓜"身上的伤口给包扎上了。

"我想它现在需要喝点牛奶。"贝基说。

"除了牛奶,它还需要点这个。"艾拉说完,就朝碗柜走去。他外出打猎时常将一个金属酒壶小心翼翼地背在肩上,此刻,他把酒壶拿了出来,往小狗的嘴巴里小心地倒了几滴。之后,小狗好像有些精神了。

"这酒壶里的东西在我眼里比银子还珍贵,"他对玛格丽特和孩子们说道,"但给它喝点儿倒也无妨。不管哪只狗,当然,还有人,碰上这种事,都该来一口。"

玛格丽特努力帮"南瓜"把伤口包扎好,然后给它在壁炉旁布置了一个温暖的小窝。雅各布想陪着它一起睡,但艾拉表示他半夜会起床再给它喂点酒,雅各布这才安心地跟其他孩子们去卧室睡觉了。

"南瓜"身上的伤口开始慢慢愈合了，但还是非常醒目，而它的后腿也依然僵硬，走路不便，有时它会在入睡后发出呜咽和哼唧声。玛格丽特猜想，它会不会在梦里又被印第安人抓住了？

"如果狗能说话，"玛格丽特怜悯地看着小狗说，"'南瓜'肯定会有许多话跟我们讲。"

最近这段时间，他们渐渐远离了印第安人的侵扰，但他们依然戒备森严，艾拉和乔尔也放弃去寻找原来的那个洞穴和里面的秘密，目前来说，这有点儿冒险。

"即使能找到，也派不上用场了。"他们相互惋惜，"老布林多和小牛犊都已经不在了，找到骨头也没用了，也不能让它们起死回生。"

天气越来越冷，邻居们也很少出来了，甚至艾拉都不愿出门，也很少冒着严寒去探望阿比了。

多莉和乔尔不时地跟艾拉发牢骚，说等什么时候海上有合适的风向了，艾拉应该把手里的活儿让其他人去干，他自己坐船去威尔斯家拜访。剥玉米大会之后，他俩已经被默认为订婚了，虽然今年他们结婚还为时尚早。乔尔给了艾拉一块地让他去管理，木屋东面的一百多公顷田地，虽然现在一棵树都没栽，没仔细整理，也没挖地窖。

"难怪汉娜看到我就苦着脸，"玛格丽特不经意间听到艾拉跟多莉的谈话，"她是打定主意让伊桑和阿比两人好。"

"伊桑能给阿比的不是一星半点，"多莉说道，"他拥有星期天岛，赛斯家还有不少房间也都是他的。"

"我绝不会让阿比后悔跟我好的。"艾拉愤愤地说道，说完，他就拎起斧子出去砍柴了。

对十二月来说，这一天称得上和煦如春了。玛格丽特用羊毛披肩把黛比裹得密不透风，只有粉红的小鼻子和一缕浅棕色头发露在外面，从远处看，仿佛是一只毛毛虫。玛格丽特抱着黛比追随着艾拉去树林里了，去看他砍柴。他挥起斧子，砍到木头上既快又准，让人感觉痛快淋漓。每当他停下来休息时，都会跟玛格丽特说上一会儿话。

"现在是历法里的什么时候？"玛格丽特趁艾拉放下斧子拿袖子擦汗时，问道。

"我看看，"他走到门柱那里，那个门柱上刻着日历，上面的长横线表示月份，"哦，现在是十二月中旬。明天是十七号，我之前答应过阿比要做一顶河狸皮帽子送给她的！"

"是给她的圣诞节礼物吗？"玛格丽特期盼地问。

"哦，不是，"艾拉摇了摇头，"我们这里不过圣诞节，我们不会那么傻的，过什么圣诞节。我猜，我们可能回马布尔黑德吧。但我倒是听一个荷兰男孩说过，圣诞节是怎么过的。"

"你是说圣诞节跟平时没什么区别，是吧？"玛格丽特惊讶地睁大了眼睛，沮丧之情溢于言表，"既没有圣歌，也没有蛋糕，也不会相互送礼物吗？"

"应该是的。"艾拉说完，拿起了斧子，继续砍柴。

要是连艾拉都不告诉她如何庆祝圣诞节，那乔尔和多莉就更不会告诉她了。她尽可能地控制自己别想圣诞节的事情，但随着圣诞节越来越近，她忍不住越发怀念以前在家过圣诞节的美好时光。她连做梦都在过圣诞节，她梦到奶奶在准备烤蛋糕，她老人家正把无籽葡萄干和优质的坚果放进调好的面糊里。修女们正在学生们前面给他们的合唱打拍子，以便他们能记住所有歌词。玛格丽特悄悄地对孩子们说，在圣诞节前夕，小讲堂里摆满了蜡烛，里面供放着圣母像、圣父像和上帝耶稣的像，还告诉他们耶稣是在从马厩里出生的，当然惟妙惟肖的牛羊像和牧人的像也都在里面。但多莉不经意间听到了她的话，把她劈头盖脸地责骂了一番。

"请把你的天主教藏在你心里就好了！"多莉厉声说，"我们这里是偏远的小地方，没有礼拜室和教堂，不会去信这个的，并且不要向我的孩子们传教这种东西！"

圣诞节前夕。萨金特家里，什么蛋糕、蜡烛、焚香，一律都没有，大家都像往常一样，没感到缺少什么，只有玛格丽特除外。

到了中午，她一个人跑到刻着日历的门柱前，认真地数了数画线，她想再确认一下明天是否真的是圣诞节。不可置否，明天确实是圣诞节，是二十五号。她心里盘算着，如果在海普莎姨妈家，可能就不那么惦记以前过圣诞节的欢乐时光了。但她也明白，现在潮水涨得那么高，并且上周的雪到现在都没有停，根本没法去海普莎姨妈家。她记得乔尔曾说过，海边几乎不下雪。但从现在的情况来看，赛斯曾经预测今年冬天天象异常的说法是正确的。窄小的窗户上被冻上了一层厚厚的白霜，玛格丽特对着窗户哈了口气，然后用手使劲擦了几下，白霜才化成一个小圆圈，她透过这个小洞往外看去，突然心生倦怠。屋里暗了下来，不过她清楚外面得半个小时后才彻底天黑。她起身走到门口，把棕色斗篷和披肩从衣架上拿了下来。

"你干什么去？"多莉看到后，把手放在了门把手上。

"我——我再去取些松球，篮子里的快烧完了。"玛格丽特将脑子里一闪而过的想法壮着胆子说了出来。

"哦，那好。但别拿上面的，上面的都湿了，烧起来会出烟，拿下面干的。"多莉吩咐道。"雅各布，不！"看到雅各布也想跟着出去，多莉说，"你别出去，外面非常冷。"

玛格丽特系上斗篷，换上海普莎姨妈送给她的鞋，挎着篮子出门了。当身后的门关上的一刹那，她感觉好像在她心里盘旋了一整天的沮丧和抑郁突然间就烟消云散了。她眼前是一个白茫茫的世界，松木高耸入云，上面的松针坚挺饱满，绿意盎然，这么美好的景象，怎能让人不欢喜呢？瞬时，她就感受到了圣诞节的氛围。她记得，以前过圣诞节时，常青树枝时常被放在小教堂里。泉水后面的树林深处结满了红浆果，她想去摘一些，当成礼物送给孩子们。如果圣诞节不相互赠送礼物，好运就不会降临，虽然她知道孩子们即使收到礼物也不会知晓其意义。

她走进了木屋后面树林里的小路，看了看海对岸的星期天岛，乔丹家四周的空地上被白雪盖得严严实实。冬天，在落日光芒的照射下，那棵草坡上的月桂树显得越发苍劲、高耸，她曾跟海普莎姨妈一起去这棵树上采摘过月桂叶。乔丹家已经开始做晚饭了，缕缕炊烟袅袅升空，看到这儿，她开始心情愉悦，她猜海普莎姨妈肯定在做饭。她在那里站了一会儿，对着炊烟的方向许了一个圣诞节愿望。

"不知道海普莎姨妈有没有开始缝被子，"玛格丽特边走边想，"伊桑带回来了靛蓝，能做蓝色染料了。"

但是，她没有在泉水旁的积雪下面寻到红浆果，她只好顺着那条用火烧出来的小路继续前行。四周寂静无声，只有上空的冷杉和云杉树被微风吹拂发出细微的声音。天色没有那么快变黑，比她想的要慢得多，白雪的映射反而让白昼看起来长了许多。间或，她会弯腰捡起树林里的松球，按照多莉的嘱咐，把上面的雪抖掉。冰雪严寒也阻止不了此时她内心的欢欣雀跃，并且她穿着厚重的粗布斗篷和披肩，也感觉不到冷。四周万籁俱寂，只有她自己的脚踏在积雪里发出的"咯吱咯吱"声。此刻，她突然有唱圣诞歌的冲动，修道院里的修女们此时也在教孩子们唱歌吧。

她把手里的篮子放在地上，在斗篷下双手合十，开始虔诚地唱圣诞歌，这首短歌是她学会的第一首赞歌。

圣诞节！圣诞节！圣诞节！

她嘹亮的歌声打破了周围的宁静，她自己都被吓了一跳。熟悉的歌词、熟悉的旋律让她更加鼓起继续唱下去的勇气和信心。她又开始唱奶奶钟爱的那首圣诞歌，那也是她从小在村子里学会的。

天使和圣徒在齐唱，

空中的歌声随风飘扬。

圣赞声不绝于耳，

山河随之摇晃。

圣子降临人间，

在襁褓里沉睡。

神奇啊！神奇！

神圣的奇迹！

受诸神宠爱的儿子，

最后被钉在十字架上。

哦，圣诞节！圣诞节！圣诞节！

天色越来越暗，圣歌使得她心中慰然。那些早就被她忘却的法语歌，她竟能再次脱口而出，好像此刻她不是置身于离家几千英里的白雪皑皑的树林里，而是在洒满烛光的小教堂里，正和修女们一起庆祝圣诞节。

"圣诞节！圣诞节！"她面向云杉树林又开始大声唱了起来，然后转身，原路返回。突然，一棵粗大的云杉树后面闪出一个黑影。

歌声刚落地，就碰到这个黑影，玛格丽特想逃跑，但是来不及了。她看到这是一个高高瘦瘦的印第安人，头上插着奇怪的羽毛和谷穗，肩膀上还扛着一杆滑膛枪。他出现之前，玛格丽特没有听到任何声响，没听到他踩到树枝的声音，更没看到他在雪地里的脚印。他的皮肤是古铜色的，脸上还有一道又长又曲折的伤疤，他两眼放光，看得玛格丽特全身僵硬。他又向她靠近些，他的面孔就更清楚地显现在玛格丽特的眼前了，但此时，她的脚像被钉在了地上，动弹不得，连心跳都仿佛停止了。他一直盯着她看，玛格丽特感觉时间过得如此慢，就像一百年那么久。她低下头，等着他举起斧子结束她的性命。只是印第安人非但没有任何举动，反而冲她笑了一下，笑容很是诡异。

"圣诞节！"他颤颤巍巍地说，声音深沉粗哑。

虽然玛格丽特的膝盖依然僵硬，但她的心跳似乎又恢复正常了。她不可思议地盯着这个印第安人，太神奇了，比天使降临的奇迹更加玄妙！在圣诞夜前夕，树林里跑出一个印第安人，用家乡的问候跟他打招呼！她竭力笑了笑，算是回应他了。

他后来又说了些话，但不多，也含糊不清。但玛格丽特从寥寥数语和他的比画中了解到，他曾经生活在魁北克，跟法国人打过交道。不知她说的话印第安人能听懂多少，但每次说到"圣诞节"这个词时，他都会两眼放光，跟着她重复一遍。他还摸着脸上的疤痕说道："幸亏上帝拯救了我。"说完，他用修长的手指在胸前比画了个十字。

黑夜已经完全降临，云杉树林里光线暗淡。玛格丽特听到"南瓜"的叫声，她知道不能久留了，否则大家会担心她的。如果乔尔、多莉和其他人找到这里，看到这一幕——她正在跟一个印第安人交谈，不知会有什么后果。忽然，她伸手把脖子上挂的绳子掏了出来，从上面摘下皮尔斯叔叔的镀金纽扣，然后把这枚金光闪闪的纽扣送给了这个印第安人。

"这算是送给你的圣诞礼物吧。"说完，她就急忙朝着木屋跑去了。

她从树林里跑出去，直到木屋进入她的视线，她的心还怦怦直跳。她停下来，把脖子上的挂绳和仅有的心爱之物又放进了衣服里面时，"南瓜"就跑到她跟前了。她不知道自己为什么会送给那个印第安人圣诞礼物，也不知道为什么要把纽扣送给他。她不禁猜想，这次奇遇是不是预示着好运快到了呢？也许只是上帝看她孤单，才制造了这次奇遇吧。但是她心里明白，回去后无论如何都不能对别人说这件事，她自己尚且对这件事疑惑不解，更何况别人呢。如果让迦勒知道了，她现在就知道会有什么话等着她，这只会让他把玛格丽特想得更坏。

玛格丽特回家后，多莉因她外出时间太长而把她骂了一顿。

"真该揍你一顿！出去这么长时间不回来，都这么晚了！黛比都比你懂事！"

次日，圣诞节当天，吃早饭时，乔尔比平时多祷告了一会儿，除此之外，所有人都没有说起圣诞节。但自从发生了昨晚的奇遇，玛格丽特就已经没那么在乎过圣诞节的事情了。

赛斯把今年冬天的严寒天气预测得非常准确。老一辈人记起了他们的爷爷奶奶或曾爷爷奶奶曾说过的话，酷寒来临，冰天雪地，百年一遇的大雪连下数日。太阳出来了，积雪开始融化，紧接着天气会更加寒冷。雪化后，大地被冰封起来，冰厚得连力气大的男人踩上去都安然无恙。凛冽的东北风里掺杂着冰雪打到脸上犹如针扎般疼痛，在这种寒冷的天气里是不可能出海的。到了二月，甚至连海上都结了冰，连续一个星期都是这种极寒的天气。在这段时间里，萨金特家过冬的木柴已经被烧了多半。晚上乔尔和艾拉每隔一小时就要起床，去给壁炉加柴火，大家也都把被褥抱到壁炉旁边去取暖睡觉。"从来没见过这么冷的天气，再冷下去，我们都能从海上走到星期天岛了，"艾拉看着被冰封住的海面说道，"现在，海上有十二英尺高的海浪，不能开船去。但即使冰很厚，从海面上走过去也很危险。"

孩子们的脑海里立刻想到，如果他们走着去了星期天岛，海普莎姨妈肯定会惊诧万分。然而，即使艾拉同意让他们去试试，多莉也不会同意的。

最近，萨金特家的餐桌上，食物种类明显见少，他们把鱼干都拿出来吃了，玉米面也所剩无几了，吃的时候还要从木桶底下好好刮一刮，胡萝卜也没剩多少了，就连用来蘸食的糖蜜也只剩一点儿了。

"那两头牛不在了或许也是个好事，"多莉叹着气说，"现在的日子这么苦，它们也挨不过去，而且我也不想让它们饥寒交迫。自己家的孩子都吃不饱，饿得跟皮包骨头似的，看着就够难受了。"

多莉说这话之前，玛格丽特还没注意过，她现在再去看大家，这才发现大家消瘦、虚弱的样子。在屋子里待了这么多天，大家的皮肤没那么黝黑了，连脸上的雀斑都慢慢不见了，眼睛也都大了不少。尤其是雅各布，他面黄肌瘦、瘦弱憔悴，穿着宽松的夹克和肥大的灰色毛裤，看着就像个精瘦的老头。

"他自打被斧子砍伤后就没缓过来，总是有气无力的，"多莉跟乔尔说道，"也不知什么时候才能恢复过来。"

"开春后就好了。"乔尔宽慰她说。

"要是有春天的话。"坐在墙角的艾拉突然说道。

玛格丽特也觉得如此，春天还不知道什么时候才能到。她把黛比抱到自己腿上，一抹阳光透过结满霜的窗户照射到木屋里，黛比伸出小手仿佛想抓住它似的。黛比现在一岁多了，变得越来越可爱了。她粉红色的小嘴里冒出了几颗小白牙，头上也长出了头发，软软的，卷曲着。双胞胎姐妹开始关切地想知道她什么时候能张嘴说话，多莉回答说，只要她们在屋里小点儿声吵闹，小黛比就能开口说话。

"她说的第一句话会是什么呢？"贝基好奇地问道。

"'妈妈'的可能性最大吧，不过'宝宝'也有可能。"苏珊冲黛比说，"看这里，宝宝。"说着，她把手里的玉米芯娃娃举到黛比眼前。

黛比开口说的第一句话，让所有人都意想不到。

当天下午，大家都在窗户前坐着，小黛比缓慢而清楚地说出了她的第一句话："麦琪。"

"哇，她终于开口了！"多莉激动不已，"为这，我要庆祝一下，给她点儿糖蜜吃！"

很多年后，每当玛格丽特的脑海里回想起小黛比稚嫩清脆地喊"麦琪"时，她就控制不住流泪。一天晚上，大家正在睡梦中，突然，"南瓜"不停的吠叫声和孩子凄厉的哭喊声把所有人都惊醒了。屋子外面，北风肆虐，酷寒难耐。大家只得把被褥全都铺到了壁炉旁，围着壁炉睡下了。乔尔、艾拉和迦勒的被褥在两边，多莉、玛格丽特和孩子们的被褥在中间，而雅各布和芭迪则分别在玛格丽特两旁，三人在一个被窝里，被子上印着木槿花。而双胞胎姐妹睡在玛格丽特、多莉和黛比中间。半夜，乔尔和艾拉轮番起床给壁炉加木柴，玛格丽特好像还在半睡半醒中听到木柴被扔进壁炉里碰撞炉壁发出的闷响声。后来，她好像还瞥到艾拉把木柴往里推了推，以防火星飞溅出来。

不一会儿，凄惨的哭喊声就响起来了，玛格丽特被吵醒，她看到黛比居然爬到了炉石上，衣服上冒着火苗。"南瓜"疯狂地大叫，咬着黛比的衣服，不停地撕扯。玛格丽特看到这个情况被吓呆了，多莉正奋不顾身地拿手帕拍打着火苗，乔尔看也没看，就把手边的被褥抓起来，扑打着黛比衣服上的火焰，而艾拉则飞速跑出去提了一桶水，边往黛比身上浇，边骂旁边上蹿下跳的"南瓜"。没过多久，黛比身上的火就被扑灭了，但她依然被烧伤了。

大家把黛比围在中间，全都失魂落魄。黛比身上的衣服和旧披肩都烧焦了，多莉把她抱在怀里，小心翼翼地给揭下来。

"她是从我身上爬过去的话，我为什么没感觉到呢？"多莉来回说着这几句，"她从我身上爬过去的，爬到了火炉上，我怎么能毫无感觉呢？我还特意给她裹了一个披肩，好让她热乎点儿，但我怎么给忘了，披肩上有穗子，很容易被点着啊。乔尔，这该怎么办，怎么办呢？"

"有橄榄油或黄油吗？给她抹点儿这个或许能好点儿。"艾拉说道，"把孩子给我，你去看看柜子里还有没有药膏。"

多莉去把药膏拿了过来，但烧伤的面积太大，药膏太少了，全都抹上也不够。黛比那个小小的身子几乎被烧遍了，从头到脚都有伤，全身都被烧焦，都肿起来了，她撕心裂肺地哭喊着。玛格丽特也止不住地流泪，迦勒看到后好像也于心不忍，默默地转身离开了，这让她有些诧异。

"我们来这里是个错误啊！"多莉呼天抢地哭喊着，埋怨着丈夫，"你不该带我们来这个倒霉的地方啊。海普莎姨妈跟我说过的，我应该听她的，可我真不忍心拿火烫她啊。但现在，你看看，她被火烧成什么样了，乔尔，你看看啊！"

乔尔抱着黛比，在房间里踱来踱去。黛比的哭喊声越来越弱，好像感觉没那么难受了。玛格丽特从来都没看到过乔尔像现在这么难过，他脸上的表情极度哀痛。

多莉和艾拉把家里最后一杯面粉和成了面糊，涂在了黛比身上的每一块被烧伤的皮肤上。雅各布、芭迪和双胞胎姐妹抽泣着，拥坐在长椅上，紧紧依偎着，为黛比担心。

"麦琪，黛比会不会死啊？"贝基哭着问玛格丽特。

"她不会有事的，不哭了啊。"玛格丽特说。

"可是你还在哭啊。"苏珊说道。

"你们乖乖地待着啊，我马上就回来。"玛格丽特嘱咐孩子们。

"你去哪里？"大家问道。

她没有回答，奔着迦勒走了过去，在如此紧急的情况下，她对迦勒的畏惧竟完全消失了。

"迦勒，"她正视着迦勒，说道，"我们快去找海普莎姨妈，她肯定知道该怎么办。"

迦勒没有回答，只是盯着她看。玛格丽特继续说道："听说海面被冻住了，结了非常厚的冰，我们俩走上去应该没事。我今天才听说这事，快，我们现在就去吧。"此时，黛比再次发出了凄惨的哭喊声。"没时间了！"玛格丽特催促道。

"好，走吧。"迦勒看着玛格丽特，果断地同意了。

她不记得自己是如何穿上外套走出去的，她只记得天上有很多星星，迦勒手里还拿着一个月桂烛灯，他们飞快地奔向海湾。锡片灯罩上和两边的小孔里透出微弱的烛光。她还被一个树桩绊了一下，而迦勒及时出手扶住了她，她才没被绊倒。

"看着点路。"迦勒提醒说。玛格丽特此时对迦勒非常感激，紧跟在他身边。

他们艰难地走着，从冰冻的海面上吹过来凛冽的寒风，玛格丽特的斗篷被吹得上下翻动，她不得不用手拽住衣服。现在正是半夜最黑暗的时刻，他们只有微弱的烛光给他们照亮前行的路。从岸边往海面上看去，冰面似乎平坦光滑，但等脚踏上去之后才发现远不是这样的。汹涌的波浪把之前结了冰的海面冲开，在上面又结了一层冰，这让海面凹凸不平。他们走在光滑崎岖的冰面上，不时滑倒，然后再站起来，再滑倒，再站起来……走着，走着，冰锥间裂了一个大缝，他们就得绕过去；走着，走着，又遇到冰窟窿和冰渠，就要小心跨过去。周围黑黢黢的，他们辨不清自己的家在哪儿，星期天岛在哪儿，玛格丽特怕他们走了这么远只是在绕圈子。迦勒频繁地抬头观望着星空，这让玛格丽特稍稍放心一些。她明白他在找北斗星，他们一直跟着最亮的那颗星前行，幸好天空万里无云，夜空明朗，星星清晰可见。若是他们一直追随着星星的方向走，肯定能抵达星期天岛，除非——她想到这里，吓出一身冷汗。艾拉曾说，远离海岸的海面上也会有厚实的冰层，而且，到目前为止，他们仅遇到过一处没结冰的地方。

他们能听到对方的说话声，但都没有余力回应，狂风在他们的耳边咆哮着，脚下的冰面下狂澜汹涌，冰面破裂声不绝于耳。玛格丽特走在冰面上，全身跟筛糠似的不停地抖动，她的两只脚就像被冻实的泥土一样僵硬，她的手上戴着半截手套，可是手却被冻得生疼。她咬着牙往前迈步，一步，再一步。走一会儿，他们就停下来换一下位置，换个胳膊，继续挽扶着前进，迦勒也好换只手拿烛灯。

"我们已经走了一半的路程了。"迦勒对玛格丽特喊道，同时使劲跺着双脚，让脚有点儿知觉。

他们不停地往前赶，玛格丽特被绊倒了，重重地摔倒在冰面上，迦勒把他扶了起来，她感觉膝盖疼得厉害，但她仍然强制自己走下去，一直走。她累得气喘吁吁，几乎快喘不上气了。

此刻，他们脚下的冰面变得平整起来，但冰面下的海水依然汹涌澎湃。而幽微的烛光只能将他们前面一英尺的地方照亮。他们也明白，前面的路，随时都有可能出现薄薄的冰层。他俩不由自主地紧挨在一起，谨慎地向前挪一步，再挪一步。幸运的是，他们脚下冰层的厚度还能支撑着他们两个人的体重。当凹凸不平的冰面再次出现时，他们大舒一口气，因为这说明他们已经将最危险的地方甩在身后了。他们竭力不停地向前移动，滑倒了，再站起来，继续走……

最后，他们终于看到了星期天岛，而此时，东方的天际已经开始泛白，但此时此刻，星期天岛的海岸线就是他们最大的期盼。

"马上就到了。"迦勒上气不接下气地说，而玛格丽特已经胸闷气短，话都说不出来了。

她感觉心脏几乎要炸开了，疼痛难忍，每喘一口气都让她痛苦不已。她的双脚早已经没有了知觉。

"不行了，我一步都走不动了，再走我就死了！"她感觉极度难受和痛苦，仿佛体内有什么东西在嘶喊着让她停下来。

但黛比凄惨的哭喊声和多莉悲痛的眼神在她脑海里萦绕着，她硬撑着，不停地往前迈着步伐。如果没有迦勒的帮忙，她压根就爬不过乔丹家门前那个陡峭的山坡。最后，她几乎是被迦勒拽到乔丹家门口的，一到门口，玛格丽特就瘫倒在地。

迦勒用冻僵的手使劲敲着门，玛格丽特则瘫坐在旁边，海普莎姨妈、赛斯和伊桑开门后，看到他们两个简直像撞到鬼一样惊恐。

"上帝！"他俩被扶到火炉旁，海普莎姨妈帮他们把外套都脱了下来，喊道，"你们是怎么来的，你们两个小孩？"

玛格丽特已经精疲力竭，话都说不出来了，更无法帮迦勒跟海普莎姨妈说他们的遭遇。她知道，迦勒正在给他们叙说发生在黛比身上的不幸，海普莎姨妈边听，边给玛格丽特搓手和脚，赛斯和伊桑也正在给迦勒搓热身子。

"因此，我们来到这里，求你去救救小黛比。"迦勒最后说道。

　　"海普莎姑妈，不能让你从冰面上走过去，你把所需物品给我，我跟伊桑一起给送过去。"赛斯说道。玛格丽特看不见他的脸，但能感觉到，他说话时异常严肃。

　　"我要亲自去！"海普莎姨妈果断而坚定地拒绝道。"我认为，两个小孩儿都能走过来，我也能走。伊桑，你去拿雪橇，我现在去收拾东西。"

　　海普莎姨妈说完，弯腰往玛格丽特的嘴里喂了点儿又热又辣像水一样的东西。

　　"赛斯，帮忙把麦琪抱到床上，让他俩在这里等着我们。"海普莎姨妈吩咐道。

　　上床后，玛格丽特就被暖和的被子裹了起来。刚才行走在海冰上时，好像有一把螺丝刀在她胸口上拧，她每喘一口气，都仿佛被拧紧一些。此刻，她感觉好像胸口的那把螺丝刀已经松完劲，现在浑身轻松舒服。

　　"你能把她救活，是不是？"玛格丽特用微弱的声音问海普莎姨妈。

　　"我会拼尽全力的。"海普莎姨妈说完，玛格丽特就陷入了昏昏沉沉的睡梦中去了。

　　但是，尽管玛格丽特和迦勒奋力前进，海普莎姨妈竭尽全力，仍回天乏术，黛比还是走了。

　　赛斯和伊桑用雪橇推着海普莎姨妈回到家时，已经中午了。迦勒早已起来了，正在厨房里拖着被冻坏的脚走动。玛格丽特也醒了，但依然虚弱不堪，还躺在床上。乔丹一家回来后，一句话都没说，玛格丽特和迦勒从他们的沉默中知道了结果。

"我们已经尽了我们最大的努力。"海普莎姨妈说道。她弯腰坐到了壁炉旁让自己暖和一些。迦勒已经给壁炉添足了柴火，此刻，壁炉旁非常温暖。"我们到达之后，黛比已经气息微弱了。"

"你是说，她，已经死了？"迦勒有气无力地问道。

"咳，不幸的孩子，她的伤势太严重了，也许对她来着，这个结果不是最坏的。但亲眼目睹她的离去总让人于心不忍。"海普莎姨妈悲伤地说。

"她才这么点儿，不能啊！"玛格丽特立刻泪如泉涌，"她那么懂事，那么可爱，那么活泼。她还会叫我的名字了，就在昨天，她说的第一句话，就是我的名字。"

她趴到枕头上，悲痛欲绝。海普莎姨妈走到床边，坐了下去，轻抚着她抽搐的肩膀。

"我们所做的一切都毫无帮助。我们跨过了海峡，却于事无补！"迦勒沉痛地说道。

"好像是的，我的孩子。"赛斯说，"把外套穿上，我拉着雪橇送你回去吧，你家还有不少事要你操持。现在冰面还能撑得住，你赶紧回家吧。"

男人们走后，海普莎姨妈用草药煮了一壶茶，她和玛格丽特呼吸着壶里不断冒出来的草药水汽，精力和体力慢慢恢复了过来。海普莎姨妈取来一块柔软的羊毛呢，说要缝制最后一件衣服送给黛比。玛格丽特终于恢复气力了，能帮上忙了。

"我这里还有一块亚麻布，给黛比做衣服也不错，"海普莎姨妈说，"可天气这么冷，让她穿这么单薄，我不忍心。我认为，人们还是期待离开的人能有所感受，虽然他们已经失去知觉了。"

"是啊，"玛格丽特感慨道，"这件白色的衣服穿在黛比身上肯定非常好看，她以前的衣服都是灰色的粗布衣和亚麻做的。"

赛斯给黛比做了一个小棺材，用的是他之前带过来的厚木板。乔尔和伊桑想在树林另一侧的空地上挖个坑，但泥土都被冻得僵硬无比，连小坑都难以挖出来。斧头砍下去发出闷闷的声响让人觉得像是在敲石头，更何况是挖坑。翌日，海普莎姨妈和玛格丽特都从星期天岛赶来了。

他们的围巾和鞋子不够这么多人同时外出穿，其他人都出去为黛比安葬了，玛格丽特和孩子们只能在屋里待着。迦勒回来告诉她，他们为黛比祈祷了好长时间，但外面寒风刺骨，冻得海普莎姨妈连圣歌都没法唱了。

当晚，大家都疲惫至极，多莉甚至连眼泪都挤不出来了。

到了第二天中午，玛格丽特肿胀的脚才稍微消肿了一些，靴子才能套到脚上，她一瘸一拐地走到黛比的墓地。那个坟墓那么小，对黛比来说都小得可怜。她静静地站在坟墓前，为黛比祈祷着。"南瓜"也跟着她来了，它趴在一边，奄拉着尾巴，原本机灵的眼睛里充满了悲伤，仿佛也在为黛比的不幸默哀。玛格丽特将所有知道的祷告词都一股脑说了一遍，还是不愿离开。从海面上吹来的寒风如刀割一般，吹在玛格丽特的脸上，天空阴沉着，太阳久久不肯出来。玛格丽特抬起满是冻疮的双手，合了起来，轻柔地唱起了哄黛比入睡的摇篮曲。

睡吧，睡吧，我亲爱的宝贝，

亲爱的宝贝快快睡吧。

睡吧，睡吧，我亲爱的宝贝，

快快进入甜美的梦乡。

唱完后，她转身走回了木屋，"南瓜"也起身跟着她。她看到太阳在岛屿后面若隐若现，西方的天际被一抹抹晚霞装点着，门柱上又被艾拉刻了一道长线。

"明天，三月就开始了，"艾拉难得地出现了笑容，"每个人都会非常开心吧？冬天马上就要结束了！"

第四季　春

　　似乎需要等待很长时间才能迎来春天的解冻期。尽管艾拉在柱子上刻画的痕迹表明春天来了，但是天空中依然下着雨雪，依旧刮着东北风。虽然海峡里的冰已经融化了很久，但是航行却变得更加艰难了，因为有大块的碎冰漂浮在海面上，风浪也尤其大。艾拉见到阿比已经是几个星期前的事了，此时他的心情十分烦躁。

　　"假如有一条小路被火烧出来，用不了半天的时间，我就可以走到威尔斯家。"艾拉向多莉埋怨着。

　　"假如有这条路的话，你会把它走成一条大道的。"多莉说，"看到你现在这么焦急，别人还会觉得你看到那个女孩之前，她马上就要满头白发、牙齿全无了呢！"

　　"看不见她的日子，时间真的过得太慢了。"他发出一声叹息，接着转过身去制作木桶——用来收集树液。

　　很长的一段日子里，所有人都在谈论两棵糖槭——它们生长在泉水边半开垦的空地上。他们用不了多长时间就可以用收集来的树液做成糖浆，就着速成布丁吃了。

　　"真希望可以尝尝啊。"艾拉一面将挖空的木桩移到树林里，一面对孩子们说，"可是我认为还是等暴风雨结束后再说吧，暴风雨马上就要来了。"

　　艾拉的猜测是对的。一场暴风雨来到了，地基上的木屋随之晃动。这场暴风雨整整持续了两天才得以结束。玛格丽特听着他们谈论这场风暴，有些好奇。他们说，这场风暴表明太阳越过赤道抵达了南半球。在这两天两夜里，白天和晚上是一样长的，在这以后，白天将变得越来越长，天气会逐渐变暖，马上又要迎来夏天了。

"太阳真的很奇妙。"她心想，"怪不得皮尔斯叔叔曾经说过，古时候的人们非常尊崇太阳。"

她对收集树液这件事感到十分陌生而神奇。她从来没有在勒阿弗尔听到过类似的事。她嘴里问出的各种古怪的问题令艾拉哭笑不得，也让迦勒又开始对她轻视起来。自打她上回与迦勒一同走过冰面，迦勒对她的轻视就少了很多。她仍然在一遍又一遍地确认树被管子插进取出树液后是否真的还能活下去。

这个日子来临的时候，大家都十分激动。冰雪开始慢慢融化，路不太容易走，并且没有充足的鞋子留给孩子们穿。双胞胎姐妹正在商定仅有的一双鞋留给谁穿，芭迪没有鞋子，在生着气，直到玛格丽特允诺背着他过去才不再生气。就这样，这个稍显怪异的小队伍起程了。走在队伍最前面的是艾拉和迦勒，他们手里拿着锤子、木桩和木桶。他们最先去寻找的是那棵相对较大的糖槭，在树干上划了一个口子，将锥子插到树干里面，只把锥柄留在了外面。

"有许多树液在里面，"他对孩子们说，"迦勒，递给我一根水管，我要将它插在里面。"

他们在两棵树上各挂一个大木桶，还没等安置好它们，树液就开始一滴一滴地进入木桶里了。

"嗯，味道好极了，"雅各布用手指蘸了一滴树液放到嘴中，使劲地吮吸着，"就像糖水一样甜。"

"你们等着吧，"迦勒说，"当我们将它变得黏稠时，会比糖浆还好吃。"

"想要装满这么一大桶需要收集很多树液。"艾拉提醒道，"你们需要多关注一下这里，不要让树液从木桶里溢出。"

"是的，"玛格丽特十分赞同，"每一滴树液都非常珍贵，千万不要浪费。"

第二天中午，最大的桶已经装满了树液，大家打算开始熬了。乔尔在房子附近堆放了一些石头，生了火。熬树液的时候温度太高了，因此不能在屋子里熬制。他还用三根结实的柱子做成了金字塔的形状，用链子将铁桶固定在上方。多莉用一根木勺搅动着，艾拉将一根长木头固定在木勺的尾部，如此一来多莉就可以不用离得太近，以防被烟和蒸汽熏到。树液将要烧开时，一阵烟升起来了，香甜浓郁的味道弥漫在空气中，这可把旁边的孩子们馋坏了。他们蹲在圆木上，就像是小鸟和松鼠似的，揉弄着鼻子，明亮的眼睛中满含着期待。

在艾拉的指挥下，玛格丽特和迦勒将从树林里收集来的干净的雪放在一个平底锅里，挤压成很结实的底，并将它摆在一只木勺边上。等到多莉说已经做好了的时候，乔尔和艾拉将放在结实的杆子上的铁桶取下，放在一边。最美好的时刻来临了。冒着热气的棕色液体此时被倒进了装有雪的平底锅，糖浆刹那间凝结成了香喷喷、甜滋滋的糖块，剩余的糖浆就倒进了木桶。

"来来来，自己伸手来取。"艾拉跟孩子们说，将锅摆放在顶上的圆木上，自己掰了一大块糖品尝了起来。

玛格丽特想，长这么大都没有品尝过如此美味的东西。接连几个月吃咸鱼、玉米面和萝卜，如今可以品尝到如此香甜可口的糖块，真的令人不敢相信，就好像有魔法一样！甚至连乔尔和多莉也吃了起来，吃得嘴上全是糖汁，棕色的糖汁也很快地出现在了孩子们的脸上。

"幸亏现在不是夏天。"玛格丽特瞧着雅各布和芭迪一脸的糖汁，开玩笑地说道，"你们满身是糖，会把蜜蜂都招来的。"

大家大笑起来，将手指上最后一点儿糖舔完。

就这样下午过去了。多莉领着孩子们来到屋里，玛格丽特和艾拉一同去拿剩下的树液。艾拉拿着大桶，玛格丽特拎着小桶，返回时，在浅黄色的天空下，树林里逐渐变得昏暗起来。

途经黛比小小的坟墓时，玛格丽特不禁停了下来。

"很遗憾黛比没有吃到糖块，"玛格丽特难过极了，"甜食可是她的最爱啊！"

艾拉没有讲话，只是悄无声息地点了下头。玛格丽特看见他这样，清楚他也有同样的想法。当他们拎着装得满满的木桶返回来时，艾拉眯着眼睛向远方的荒漠山和北边的天空望去。

"风逐渐向西了，"他说，"假如总是这样，我打算去一趟威尔斯家，你想和我一起去吗？"

玛格丽特非常想去，脸上立刻出现一丝红晕，说："我不清楚多莉是否同意我把孩子和家务丢到一边。"

"我来处理这件事，"他向玛格丽特保证道，又有些不好意思地补充道，"我觉得阿比肯定希望你可以传授她一些你在法国学到的针线活儿，你在这个地方或许没有办法施展手艺，但是阿比那里却有许多布料能够让你去做。"

玛格丽特一晚上没有睡着觉，害怕多莉会不同意。不过多莉仅仅是埋怨了一两句就同意了，叮嘱他们早点儿回来帮她熬制树液。孩子们看见玛格丽特披上棕色的斗篷，还在平底鞋外穿上了靴子时，也吵闹着想去。

"你们就不要去了，"艾拉心平气和地劝慰着孩子们，"我只带麦琪一块儿去。"

当玛格丽特跑到小湾时，艾拉已经将小渔船准备妥当了。他还带了一些礼物——有一桶糖，一些上好的松鼠皮，还有水獭皮。海面上吹来凉爽海风，舒服惬意，阳光洒在海浪上，仿佛在波浪上跳舞。

"这微风恰好可以帮助航行，"艾拉说着，将桅杆上的三角船帆升起，"看来对春天，我们终于能有些期盼了，尽管接下来的四月很难熬。"

可以与艾拉一同乘船出海真是一次奇妙而开心的经历。艾拉沉默寡言，但是风正好，还有很多值得期盼的事情在前方等着呢。艾拉吹着口哨，将帆转动方向，用船尾的一根船桨做了舵。艾拉好像心情愉快了些，玛格丽特心想，自打圣诞节去过威尔斯家后，他就没有这么高兴过了。玛格丽特从未来过这个地方，眼前全是沿途的一个个葱郁的海角，而荒漠山近瞧起来景色也是不一样的，和在岸上观看相比，更加黑暗，更加陡峭。玛格丽特努力地记住这幅画面。返回萨金特家后，她再回想这景色时，会很高兴吧。

"这里，过了这个海角就到了。"前行了一段时间，艾拉忽然讲话了。

玛格丽特十分好奇地观察着威尔斯家，同时一阵强烈的局促感油然而生。她记得汉娜总是皱眉，在上梁剥和玉米大会上讲出各种不赞成她的言论。她脑海中忍不住浮现出她穿着的又脏又破的粗布衣服与阿比干净漂亮的裙子对比的画面。有那么一刹那，她特别想回去，但是现在后悔已经晚了，房子已然出现在眼前，一副历经沧桑的样子，屋顶很矮，房子后的空地和树林还可以看到尚未融化的积雪。

当他们临近岸边时，能够听见砍柴的声音。艾拉将船帆收起，使劲划动着船桨让小渔船停在岸边。这里自然形成了一个很小的港湾，和他们的小湾相比起来，更加安静，更加避风，但是也更小。艾拉说类似"伊丽莎白号"那么大的船只根本没办法停靠在这个小湾。当他们走到半路时，艾拉提高了自己的声音，高声地打着招呼。有两个人出现在门边，有一个身穿深色裙子，身体稍显沉重，她马上分辨出来是汉娜，而另一个一瞧就知道是阿比。阿比一口气跑到海湾来迎接他们，蓝色的裙子被风吹得舞动起来。

"艾拉，"他们互相靠近时，阿比喊着，"我期盼你来好久啦！"

当她来到艾拉拖起小渔船的位置时，鹅卵石伴着她的步伐滚落到了海滩上。艾拉小心谨慎地把玛格丽特和船上的别的物品送上岸后，一把抱住阿比，毫不费力地将她举了起来，仿佛举着芭迪似的。

"不，不要这样，"阿比反抗着，"我妈妈在窗户那边瞧着呢，不清楚她会如何想我们！"

"我知道。"艾拉摇了摇头，将她放在地上，与她一起向屋子走去。

玛格丽特在他们后面跟着，她和阿比并不熟识，尽管她只比阿比小了五岁，但是她在伊桑和艾拉心中的位置是如此不同，这使她感到与阿比间的距离那么远。她听不见艾拉在讲些什么，但是她瞧见艾拉弯腰靠近阿比飞舞的棕色头发时，他一脸笑容。

这个灰色房子已经有很长时间没有客人来了，就连汉娜也欢迎他们的光临，也许她心里已经承认艾拉和萨金特一家了吧。尽管她依然会指责艾拉太过依靠自己的哥哥，批评萨金特一家无视危险坚持留在那里。但是，艾拉带来的一小木桶糖令她的脸色稍显好转。她承认自己钟爱甜食，在他们这里，都没有找到过一棵糖槭。艾拉答应去树林里看看蒂莫西和南森是如何砍树的，并把树运回来。艾拉出去后，汉娜详细询问了玛格丽特冬天发生的所有事情。

赛斯告诉了他们黛比去世的消息，但是汉娜想了解每一个细节。她还发表了一番评论，给了玛格丽特一些令人害怕的告诫。相比起来，阿比更有同情心些。

"可怜的孩子，"她感慨道，"为什么会发生这样的惨剧呢？"

随后，她们三个人开始为晚餐忙碌起来。她们商量了很长时间，思考着是否需要加上一个留给特殊节日吃的南瓜饼。阿比认为今天这个日子应该有南瓜饼，但是她的妈妈起初有些不愿意同玛格丽特和艾拉分享。但是，最后她还是同意了，将南瓜饼放到炉灶上开始加热。玛格丽特看着厨房里摆放的各种各样的锡铅和陶瓷餐具，着实是目不暇接。尽管比不上乔丹家的餐具，但是与萨金特家的几个木盘、一两只残缺的碗、一只大啤酒杯，还有一只圆柄大杯子比起来，简直好太多了。还有那套画着小嫩枝的瓷茶杯和茶碟，有着漂亮的光泽，令玛格丽特几乎快要窒息了。汉娜看见玛格丽特那充满羡慕的眼神，摇了摇头。

"阿比打算将这些瓷茶杯还给伊桑，"她告诉玛格丽特，连带着瞧了一眼将脑袋埋在混合槽里的女儿，"但是伊桑叫她留着，我不希望女儿在决定结婚前收下任何一个男人的礼物。但是阿比有她自己的看法，好吧，我也不打算管这些事了。"

"你如果每天都和她说我愚蠢，她就不会和我结婚啦！"站在门口的艾拉说道。他站立在那儿，嘴角露出微笑，一副俊逸的样子。

碗碟收拾妥当后，在艾拉的建议下，阿比取出她正在做的银花裙子和别的布料——一块印着几片小绿叶的淡黄色棉布、一块蓝白相间的条纹布，还有蒂莫西去年秋季外出时给她带回来的几码材质很好的红色绸布，她想用来做成斗篷。当这些布出现在玛格丽特的视线中时，她的眼睛都发亮了。漫长的冬季过后，她是多么希望看到这些美丽的色彩啊，就如同希望品尝到香甜的糖一样。

"爸爸说，当蒂莫西告知他这布的价钱后，他整个人都惊呆了。"阿比告诉玛格丽特，"但是这将会是我最漂亮的一件衣服。"

"这布料和玫瑰一个颜色，"玛格丽特说着，用手指感触着它的柔软，"就仿佛在勒阿弗尔，我们家院子里的玫瑰似的。"

"如果你穿上它，肯定漂亮极了，就像是玫瑰一样。"艾拉低声说道，并马上向旁边看去，确定汉娜在远处的厨房里干着活。此刻，在外面站着的蒂莫西有些烦躁了，他还等着艾拉去海边看他刚造好的渔船呢。但是艾拉就是不出来，他还在注视着阿比摊开布，把她已经裁剪好、缝起来的裙子取了出来。

"对于一些简单的针线活，我还是会做的。"阿比向玛格丽特解释着，"但是如果要做出好看的花边，我可就不行了。艾拉认为或许你能够传授我一些。"

汉娜不满地哼了哼，说女孩夏天能够拥有一件印花裙，冬天有一件亚麻羊毛衣，就已经是件很幸运的事了，还在想什么款式和花边啊。不过，玛格丽特观察道，当她给阿比的一块棉布上绣花边的时候，汉娜也将身子靠了过来，同阿比靠得一样近。劳累了一个冬天，玛格丽特的手指没有以前灵巧了。刚开始的时候觉得针线有点细，不过，早前的绣法重新在脑海中出现后，她的针脚又变得和从前一样了。

"瞧她缝的花边，真是棒极了！"阿比称赞道。

"这没有什么啦。"玛格丽特的脸上出现一丝红晕，"如果你看见过修道院的修女们绣花、做出花环和花边，你就不会这么认为了。要是我可以在修道院住上一年，我就可以学会做花边了。"

"做两床好的拼缝被子可以更好地消遣时间吧？"汉娜说道。

"嗯，是的。"玛格丽特赞同道，"海普莎姨妈答应帮我做一床。我已经学会了'莎伦玫瑰'和'带翅膀的星星'这两个图案，之后她还会传授我'迷人山脉'。"

阿比学得非常快，她非常敬佩玛格丽特，这令玛格丽特开心极了。那天下午，她忘记了自己破旧的裙子和鞋子，忘记了自己是萨金特家女佣的身份，忘记了他们讨厌的法语与一举一动。那里还有一些做裙子剩下的印花布碎布料，她非常眼馋。她打心眼儿里想向阿比要这些布料，即将离开了，她仍然没有勇气这么做。直到厨房里只有她和阿比的时候，才张嘴去要。

"没问题啊，你可以带走一些。"阿比友善地答应了。

"这里还有一些粉红色的，"她瞧见玛格丽特的手又一次抚摸那块红色的布料时，她接着说，"做斗篷的时候还剩下了一些，已经不足以用来做夹克或者衣服了，也许你能拿去做个兜帽之类的。"

玛格丽特注视着阿比将深红色的布卷成小卷递到她的手里，嘴里讲不出一句话来。她甚至无法想象自己会这么幸运。

"哦，"她温柔地感谢道，"你真是个好人，可以抚摸它我都感到十分温暖了，它会是我最宝贵的东西了。"

当艾拉将渔船拖上海滩时，天色已经黑了。三月末的夜晚非常寒冷，这令玛格丽特的牙齿不停地打战，她不禁加快了脚步。不过她很清楚在她破旧的斗篷下，有一块红布在她手中，那是她离开勒阿弗尔后从未见过的颜色。原本以为离开了这么长时间，多莉会埋怨他们，结果多莉并未如此。当玛格丽特向多莉展示那块红布时，她建议将这块布和珍贵的布头与那五只锡铅勺子放到同一个松木柜子中。

又过了几个星期，依然是狂风凛冽，十分寒冷，不过白天逐渐变长了，这令他们精神焕发。如今他们可以捕捉到许多新鲜的鱼，艾拉和乔尔削了新的斧头柄，还将很多工具取了出来，准备春耕。现在离春耕的日子还很远，尽管已经是四月中旬了，尽管有阳光的地方已经长出了新芽，但是霜冻仍然没有彻底结束。

"我从来没有见过这么一个地方，需要等这么长时间来回暖！这真的叫人不舒服。"多莉发着牢骚。

"别烦恼了，再等等吧。"乔尔说道，"这里不比其他地方，他们说，假如回暖了，这里会非常热。"

男人们担心没有储备足够的火药和种子。冬天确实太冷了，他们吃光了全部的玉米和土豆，已经没有东西用来春耕了。现在他们只能去捕猎，捕到更多的野鸟和其他的猎物，可是这样一来会用掉原本就不充足的火药。万一夏天印第安人发动进攻，他们的处境就会十分危险。当孩子们进入梦乡后，乔尔提起了这个，神情疲倦而又肃穆，甚至连平时喜欢讲话的艾拉也严肃起来。

"我不能再向乔丹要火药了。"乔尔满脸愁容，"他们也没有太多的火药了。摩西和斯坦利原本就对我们居住在这个地方感到不悦，是不会给我们火药的。"

"我觉得蒂莫西会借我一点，"艾拉插嘴道，"但是我不太想去借，阿比还没有嫁给我呢！"

玛格丽特上床休息后，他们还在谈论这个问题。最初来到萨金特家，一到晚上她就会想念自己的家——会想到勒阿弗尔、奶奶、皮尔斯叔叔和修道院的修女们。此时她忽然察觉到自己想的是英语，而不是法语；想的是平日里的小事，而不是回忆。她更加在意的是，要种下多少土豆才可以熬过下一个冬天，这个夏天能不能摘到很多坚果和野梅。她有时候好几天都不会去触摸自己挂在脖子上的金戒指，她忽然有些担忧："或许，有一天，我会忘掉自己还有一个法国名字！"

现在已经是四月末了。每天早上玛格丽特和孩子们来到木屋外时，总会看见新冒出来的绿芽。艾拉和乔尔依次耕地和拔出去年的树桩。过了冬天，它们就腐烂了，必须将它们拔出来，并把坑填上。这可是个重体力活儿，即便男人们使足了力气，孩子们和多莉在门边上给他们打气加油，有时候也要花费一天的工夫。

"就像是在给壮汉拔牙，"玛格丽特瞧见艾拉用铁锹插进一个非常大的树根里，使尽浑身的力气打算将它撬动，便说，"我希望有几头牛来帮助我们。"

"你没准还可以许愿叫月亮下来帮忙。"艾拉说，他直起了腰，显得很痛苦，擦了擦红红的脸蛋，又接着拔了。

"再过几年，我们就有牛了。"芭迪兴高采烈地说道。

"没错，"贝基补充道，"还会有一只有两对爪子的白猫。"

"我宁肯要'南瓜'！"雅各布大声叫道，同小狗一起在松软的棕色泥土上来回翻滚。

孩子们如今的脸色没有那么难看了，身形也没那么瘦长了，尽管冬天时孩子们都瘦了许多。玛格丽特也觉察到自己的影子变长了。她去年的印花裙子已经到了膝盖，并且肩膀和胸部都变紧了。她如今能够将木盘摆在最上面的架子上了，以前她的指尖儿最高也就能碰到那里。黛比去世后，海普莎姨妈第一次看见她时就觉察到了她的大变化。

"哦，麦琪，"她惊讶地高呼道，"你就像是野草似的，长得那么快。这个夏天千万别把自己晒得太黑，别等到了明年连你都认不出自己了。"

老奶奶着手做起了新的被子。她已经将一半的布头拼好了，用浅黄和深蓝的布条拼接出了大概的图案样子，很独特。

"天哪，"当海普莎姨妈展开被子时，玛格丽特发出一声惊呼，"真的太像了！那些锯齿状的图案就如同山脉一样——在水一方，深蓝而又昏暗。"

海普莎姨妈将这幅图的名字与含义告诉了她，玛格丽特很认真地听着。她从未听过一本叫作《天路历程》的书，据老奶奶讲，这本书仅次于《圣经》，它的作者是很久以前一个名字叫作约翰·班扬的人，他写这本书的时候还在英国坐牢。乔丹家没有这本书，但是海普莎姨妈可以记住书里大部分的人物和故事情节——基督教、无畏、世间智者，还有别的一些人物。当她开始讲的时候，所有人都饶有兴致地聆听着。

"这本书中描写山脉的那些内容是我最喜欢的部分，"她的精神有些亢奋，"有一个叫作'怀疑城堡'的地方，开始由'失望巨人'守护着，后来人们从那里逃了出来，找到了'迷人山脉'，那里有花园、果园和喷泉。能够在缝被子的时候记起这些真的是一件很美好的事。"

四月里，玛格丽特和孩子们时常外出很久，她发觉自己总是会想起一些事情。她经常望向远处的荒漠山，脑海中浮现出海普莎姨妈告诉她的所有事情。有一次，她忽然发现那里有一个白色的奇怪物体。

"瞧，"她叫着正在院子里砍柴的迦勒，"那个东西是什么？真奇怪！"

迦勒停下手里的工作，来到玛格丽特身边，眯着蓝色的眼睛，将前额的一缕黄头发移到一边。

"没错，是一艘全帆船。"艾拉的语气里充满了敬畏，"它正朝这里驶来。"

双胞胎姐妹和雅各布跑向屋子，激动地高呼着："有一艘全帆船正驶向这里！"

很快，一家人全都聚集起来。所有人都没心思去干活了。在这片水域，除了单桅帆船和小渔船，就再没有出现过更大的船了。大家都在议论，乔尔和艾拉认为它肯定是想走内道抵达波士顿。

"我很想搞清楚，"艾拉说，"为何他们不在岛屿外围航行呢？之所以走内道是不是遇见了什么困难？"

事实的确如此。天黑前，船只停靠在他们的航道上。萨金特一家激动地一同来到海湾，想瞧瞧船上的人。这是一艘三桅帆船，制作精良，还有一块方形船帆，它是由一块新帆布做成的。船的名字很清楚地印在船尾——幸运星，但是这艘船的命运却很不幸。刚出发不到两天，有一个船员在爬上去收起帆布时不慎摔了下来，身受重伤。他们将船停靠妥当后，向萨金特一家解释着他们的想法。他们想把桶装满淡水，看看是不是有哪个身体壮实的男子可以接替伤员的工作，一同前往波士顿。他们的船会停靠在这里一晚，第二天早上涨潮的时候就出发。玛格丽特和孩子们在旁边站着，发现艾拉的表情忽然明朗起来，他、乔尔和多莉互相瞧了下，一脸解脱的表情。

"我非常愿意可以与你们一同前往波士顿。"艾拉迫不及待地对船上的人说道。

他们当中有个人解释道："我们会把船上的木头运到英国国王的代理商那里。这些松木都是最好的，是用来给皇家海军做桅杆的。"

另一个人插了一句："他们也需要这些松木来收拾令人厌恶的法国人和印第安人。"

以往碰见这种情形，迦勒肯定会好好嘲弄一下玛格丽特的国籍。但是这一次他心里在思考着其他事情。艾拉说出想加入他们后，迦勒靠得更近了。他的眉头也因为马上要说出的话而紧皱起来，最后，他说话了。

"也带上我，怎么样？"他满是期望地说道，"我会爬绳，会看指南针，还会……"

男人们发出爽朗的笑声，他的话也因此被打断了，玛格丽特瞧见他的脸一直红到了耳朵根。

"你们觉得如何，带上一个男孩？"一个岁数比较大的船员向其余人问道，眼神里充满了嘲弄。

"你们不用支付我工钱，"迦勒劝说着，"我会拼命工作的。"

"你可以加入，跟船长说说看，但是，同样需要征得你家人的同意。"他们说。

乔尔刚开始有些犹豫不决，但是艾拉支持迦勒。他说需要有两个人从波士顿捎回一些储备。另外，迦勒乘着一等船只，也可以学到一些航海的经验。迦勒听着决定他命运的谈话，身子的重心从一只脚转移到另一只脚上，热切地期盼着结果。乔尔原本还希望艾拉和迦勒可以在春耕时帮忙干活，假如缺少了他们，的确是一个大麻烦。他清楚，艾拉一定会去的，他能够收集火药和储备，假如迦勒留下的话，可以在耕种时候干很多活；但是如果这样的话，迦勒就会错过这个机会——一个可能再也遇不见的机会。

"如果你想去就去吧，我不阻拦你。"乔尔最后说。

"我能去啦！"当迦勒和艾拉从船上回来时，他激动地大喊起来，"船长说，如果我工作得好，我能在卸货的时候与其他人一样有薪水呢。"

他的喜悦之情溢于言表，同大家说出这个消息的时候，似乎长高了几英寸，似乎已经离开了玛格丽特和吃惊得目瞪口呆的弟弟妹妹。

"回来的时候，他就长大了，变成男子汉了。"玛格丽特心里有些难以表达的忌妒。

艾拉和迦勒坐着"幸运星号"离开后，木屋和空地变得安静而空阔。在他们临走时，多莉和玛格丽特将他们仅有的几件衣服修补好，迦勒还让玛格丽特帮忙看护他的干松树皮和他在冬天时候雕刻的小木船，玛格丽特都有些吃惊了。

"替我照顾好它们，麦琪。"他说，"我会从波士顿给你带礼物的。"

他们走了一个礼拜后，现在换成玛格丽特每天早上在门前的柱子上刻上一道划痕，以免别人不记得刻。玛格丽特很愿意替艾拉继续刻下去，这样一来，他回来的时候，就可以看见一切还是井然有序的。

"要到五月了，"她告诉孩子们，"在勒阿弗尔和整个法国，所有人都会跳舞和狂欢。"

"他们为何这样做呢？"双胞胎姐妹与她一同坐在门阶上，奇怪地问道。

"为欢迎春天的到来，"她解释着，"我听人说在英格兰也是如此。"

"没错，"不经意间，屋里的多莉也插话道，"我听说过很多次，每年他们都会欢聚在萨默塞特，有一个五月柱在那里，他们会将它围在中间，尽情地跳舞，那里还会有穿着绿叶子的人出现。"

"我们也有五月柱，"玛格丽特热切地说道，"皮尔斯叔叔拉小提琴时，我会和其他的人一起跳舞，帮忙编彩带。"

孩子们都没有听够，叫嚷着让玛格丽特和多莉再多说一些，认认真真地听着她们所说的一切。

"我们可以在这个地方做个五月柱吗？"贝基问，"那里有一根柱子，麦琪可以教给我们如何围绕柱子跳舞。"

但是这个提议没有被赞成。"天哪，你之前听说过这样的事情吗？"多莉责问道，"我们天天都要为耕种、收集食物而劳碌，以便使我们远离饥饿，哪里有时间去做五月柱。"

"还有，五月柱上需要有彩带，我们手里可没有它。"玛格丽特补充道。

"或许海普莎姨妈能送给我们一些，"苏珊热切地说，"有许多彩布在她的织棚里呢。"

"这些话最好不要传进你们爸爸的耳朵里，"多莉告诫着孩子们，"这个时候，你们每个人都应当去帮他干活，而不是坐在门阶上闲聊。"

如今甚至连玛格丽特和孩子们也需要去耕种了。艾拉走时，地才耕种了一半，乔尔需要继续干着重活，拔着树桩。有时候双胞胎姐妹也需要拿着木头耙子和锄头，铲出泥土里的石头、木棍和树根。这些工具对于孩子们而言，十分笨重，因此玛格丽特在不同乔尔一起耕地的时候，就会帮助孩子们。他们仅剩下非常少的玉米作为种子了，赛斯给了一点大麦和土豆，土豆需要切好后才可以种在地里。乔尔告诉玛格丽特怎么播种玉米和大麦的种子，每一颗种子都如同金子般宝贵，千万不能浪费掉。玛格丽特光着脚在潮湿寒冷的地上踩着，一上一下地播撒着种子。艾拉和迦勒乘坐着"幸运星号"带回新的种子时，还需要再播撒一回。不过现在需要先种下玉米，来作为冬天来临前的几个月的食物。有时候因为全天都要弯着腰撒种，玛格丽特全身酸痛。她精瘦却很结实，可是这应当是男人或者岁数稍微大一些的男孩该去干的活儿。

春色美好如初。玛格丽特感叹着北方的季节变换的速度竟然这么快。在法国，春天经常会来得晚一些。而这个地方，差不多是过了一夜春天就忽然到了，新芽从土地里冒了出来，之前还是积雪冻土，转瞬间就变成了遍地的野花。树林里的灌木丛也盛开了浅白色的花朵。月桂树和嫁接的苹果枝上也长出了小小的新叶，空气中弥漫着好闻的气息。玛格丽特清楚，沼泽地里也会长出蓝色的鸢尾花，还有和她有着相同名字的玛格丽特菊。

"所有的事情都是这么匆忙，"她一面干活，一面自顾自地说道，"我确实相信鸟儿唱得更加优美，花儿开得更加绚丽，因为这春天确实太过短暂了。"

无论是不是这样，乔尔认为自己应当干完全部的活儿。多莉经常埋怨他干活儿干得太辛苦，回来得太晚。只要还可以看到一丝光亮，他便不会离开田地，喊也喊不回来。他不辞辛苦地犁地，挖土，砍树。他干起活来仿佛要将自己所有力气都使出来。漫长的冬天过去了，他的眼窝深陷着，眼神里闪烁着奇特的光。晚上返回木屋的时候，乔尔累得直不起腰来了，玛格丽特偶尔会听见多莉责怪他，还求他停下来休息一下，吃一点儿她带的食物。

"你不可以再这么继续下去了，乔尔，"她说，"谁也没法干三个人的活儿，那样会把人累倒下的。"

乔尔只是快速地吃着多莉带来的食物，喝着水，一脸严肃地摇着头。他关节突出的手握了太长时间的斧子和铁锹，变得麻木了，眼瞅着都没有办法接过食物了。

"我要种好地。"乔尔回答道，用手将前额湿湿的头发拨开，"所有人都靠这块地生活，还有更多的地等着我去耕种。"

"我想，未来的情形不会和今年一样如此窘迫。"她劝慰着乔尔，"如果印第安人不来冒犯，一切都会好转起来的。"

说到这里，多莉的声音不禁压低了些。每当提及"印第安人"时，大家都是如此。他们已经沉寂了几个月，可是这么长时间的平静后，也许会发生让人想象不到的危险。玛格丽特清楚，每到了晚上人们准备入睡的时候，都会为是否会有印第安人来攻击而担忧。漫长的冬季，他们袭击的可能性不大，可是气候变暖了，河流里的冰融化了，小路畅通无阻，之前的担忧再一次萦绕在人们心头。并且她清晰地记得，在第一次聚会的时候，赛斯曾经讲过春天将是个不祥的季节，印第安人在那个春天里将弗林特家的房子全部烧掉了。她猜测着，假如人们知道在圣诞节前前夕，她碰见了一个印第安人，会作何反应呢？

玛格丽特时常和孩子们坐着小艇去捕捉活鱼。有许多鱼在临近海岸的水域。此时就连芭迪和雅各布也都非常擅长在鱼钩上穿上鱼饵，钓到鳕鱼了。他们偶尔还可以钓到比目鱼和银鳕鱼。迦勒还曾用网和棍子做了一个工具——用来捕捉龙虾和螃蟹。他们时常在退潮的时候乘船到对岸，到东边的一个小湾里收集蛤蜊。多莉将它们的壳剥去，烹制成海鲜杂烩浓汤或者是放入海藻里烤。

"印第安人同样是这么做的，"当他们首次试着去这么做的时候，苏珊说，"海普莎姨妈说，他们也时常前往星期天岛上的土堆那儿。"

"好吧，只要他们离这里远一些，我不在乎他们如何或是在什么地方吃蛤蜊。"多莉在火堆旁说。

这些新鲜的食物令他们很有食欲，再加上在海边干了半天的活儿，也确实很饿了。五月初，孩子们瞧起来壮实了一些，气色和脸上的雀斑又变成了原来的样子。多莉取出了全部的布料，准备给孩子们做更大的衣服，改大了玛格丽特的旧印花布裙子。但是无论她怎样摆弄布料，也无法赶得上他们一直在生长的身体。

"你们如果再长这么快，"多莉在某个晚上哀叹道，"我仅仅可以做出一件大小合适的衣服，只有一个人可以穿着这衣服，其余人都在屋里待着好了。"

不过多莉又有了新的忧愁。乔尔在砍树时原本打算跳开，可是却被一个多根的木桩绊倒了，膝盖跪在了地上。还没等他起来时，树就砸向了他，砸到了他的一条腿。人们都没听见他的求救，直到人们听见"南瓜"的叫声才来到这里。开始时，孩子们都没有在意小狗的跳动和叫声，可是之后它开始用嘴叼住多莉的围裙，向树林方向移动，这令他们感到很吃惊。小狗将他们带到这里时，乔尔已经昏迷不醒了，大家使出全力后才将乔尔的腿从树底下拽出来。

多莉和玛格丽特一句话也没有说。孩子们十分担心，问东问西，但她们仍然一句话也没有回答。大家听到他的呻吟声，才敢停下来擦拭他脸上的汗水和尘土。尽管乔尔身材精瘦，可是身体却很沉重。虽然这里离家仅有四分之一英里的路，但是他们想要将乔尔抬回家似乎是一件不大可能的事。玛格丽特扶着他受伤的腿，多莉紧紧地抓住他，在前面领着大家走过曲折的小路，缓慢地向前移动着。

孩子们先返回家中去整理床铺和烧水。等到乔尔被抬回床上时，已经到了晚上。玛格丽特建议立刻划船将海普莎姨妈接来，多莉并未同意。现在已经很晚了，身边又没有男人，实在是不安全。现在大家唯一可以做的就是尽可能减少乔尔的疼痛。他现在脑子已经清醒了，因为每移动一次都会晃动一下。他们将乔尔凌乱的头发下的一大块淤青擦拭干净，洗去腿上的血和土，他的腿受伤很严重，并且还不仅仅断了一个地方，有的淤肿下还有白色的骨头露在外面。

"如果今晚找不到固定伤口的木板，骨头会到肉里去的。"多莉尽管充满了绝望，但还是极力保持着镇静，"麦琪，替我找来两块木板，尽可能找平滑和细腻的，我来敷金缕梅水。"

在玛格丽特的记忆中，她曾经在小湾那里瞧见过一些木板，在海水和阳光的衬托下，外观看着精细平滑。她迅速地跑向小路，跳过石头，穿过浮木，搜寻其中最好的木板。最终他找到了两块尺寸适合的平滑木板，立刻跑回去帮多莉固定在乔尔包着湿亚麻布的腿上。多莉取出了陪嫁的床单为乔尔包扎伤口，因为黛比死后，已经没有留下什么布了。乔尔开始语无伦次了。他的声音很微弱，孩子们注视着他，越发担心了。

"他已经疼得神志模糊了。"他们用皮筋固定住木板时，多莉说。"哦，乔尔，不要这样，"她使劲握住乔尔的手说，"我们不碰你了。"

玛格丽特出去开始做晚饭，让他们夫妻俩单独待着。孩子们需要吃饭，还需要将海普莎姨妈给的草药做成茶，也许可以让乔尔舒服一些，能够入睡。

黛比去世以后，他们与住在星期天岛的乔丹一家定下了一个约定，假如有什么需要施以援手的事情，就把白布挂在海角的那个旧柱子上，可是现在天色已晚。第二天早上，玛格丽特醒来时看到浓雾笼罩着海面，就连近处的暗礁也没办法看清楚，她失落极了。仿佛他们之间隔着一堵灰色的高墙，星期天岛瞧起来似乎距离他们有一百英里。

"如果迦勒在的话就好了，"她爬起来望着窗外滴水的树，心想，"或者我会使用指南针也行啊。"

即便她有力气去划动船桨也起不到任何作用。因为她和多莉都清楚，在这种雾天下航行，如果仅仅是靠感觉的话，将会是一件非常危险的事，或许会花费好几个小时在原地转圈，更糟糕的是，还有可能被海浪带到广阔的海域，撞上暗礁。

"雾散开以前，我们什么事也做不了，唯一能做的就是尽全力照看好乔尔。"多莉告诉她，"他疼得快要疯掉了。可是如果想把骨头接好，就必须绑紧木板。"

玛格丽特在为孩子们做早餐时，从隔壁传来了乔尔挪动后发出的痛苦的呻吟声。她告诉孩子们要保持安静，禁止喧哗。当她递给乔尔一碗布丁时，不敢相信地看到乔尔在那儿躺着，烧得很厉害，身体非常虚弱，如同他往常用斧头砍下得云杉树一样。他的黑色眼珠发出亮光，嘴唇已经干裂了，不停地要喝水。

"今天是什么日子？"当她正准备离开他的床边时，乔尔嘀咕道。

"五月九号了。"她说，"我刚刚又到外面的柱子上刻上了一道划痕。"

"五月九号。"他虚弱地嘀咕着，"这么晚了，还有很多事情等着我去做呢。我在这里躺着，但是艾拉和迦勒最快也要两个礼拜以后才能回来啊。”

他将头偏到另一侧，小声呻吟着，玛格丽特不知道该如何宽慰乔尔，只好回到壁炉边同孩子们坐在一起。她要照顾孩子们，还要负责做饭，多莉需要陪在乔尔身边，让他安定下来，将绷带浸泡在金缕梅水中，然后敷在夹板旁边的淤肿处。玛格丽特和孩子们轮番拿柴火、打水、钓鱼或者是在退潮后挖蛤蜊。今天是最漫长、雾气最重的一天。

“这雾何时才可以散啊，麦琪？”天黑前，雅各布都已经问十几遍了。

“要等到风改变方向吧，”苏珊回答，“你应该清楚啊。”

“海鸥是清楚的，”玛格丽特解释道，“瞧见它们了吗，都是面向东方，这样它们的羽毛就是顺着风的，不会被风吹乱了。在勒阿弗尔的码头和这里的情形是一样的。”她沮丧地发出叹息：“在那里我还从未碰到过这么大的雾。”

多莉已经做了所有能做的事情，但是随着时间的延长，乔尔烧得更厉害了。到了晚上，他又变得神志模糊，胡言乱语，令人害怕。有时，他会大声命令着艾拉和迦勒去砍树耕地，有时，会忽然从床上坐起来，拿起他的滑膛枪，非说自己听见了印第安人的声音。“南瓜”在卧室门口趴着，抬起头，茫然而伤感。当乔尔的情绪非常亢奋时，它就会发出很小的叫声。

“‘南瓜’清楚爸爸受伤了，”雅各布说，“如果它游泳的速度和跑步一样快，我觉得他肯定会去找海普莎姨妈了。"

"我认为她也没有什么办法，"多莉的声音是那么的疲惫不堪，"可是她手上有更多的金缕梅水，我们的快要用光了。"

"我们可以再搜集一些拿来泡，"玛格丽特告诉她，"我们可以去树林里看看，我可以找到那里。"

多莉依然有些担心："我现在不敢叫你和孩子们去树林里。虽然乔尔现在很需要它，但是你们走后，我每时每刻都会为你们担心。"

那天夜里，玛格丽特祈求上帝大雾可以消失。她非常诚恳地祈求着上帝，把自己可以想到的所有祷词都用上了，还编造了很多。但是风还是继续向东吹，潮湿的雾气依旧如同一堵灰色的墙。乔尔一会儿睡着一会儿又醒来，多莉整夜坐在床边守护着他，真的扛不住了才睡一会儿。她的气色和乔尔一样憔悴，同孩子们讲话的时候，声音显得非常焦急。自打乔尔受伤，已经整整过去了两天两夜，只有打来的泉水，其他的没有任何东西能够敷在乔尔受伤的腿上了。乔尔现在安静了一些，不过或许是由于他身体太虚弱了，并且偶尔还有些神志模糊。

"我听海普莎姨妈讲海滩下的棕色海藻可以用来疗伤。"第三天早上，雾气仍然没有散去，玛格丽特提议道，"在远处的小湾有许多这样的海藻，我和孩子们去搜集一些回来吧。"

"好吧，你们去吧。"多莉仍然有些不放心，"最起码可以帮助降温，不妨试一下。"

提着云杉篮子，五个孩子和"南瓜"一同出发了。距离中午还有一段时间，阳光明媚，仿佛要将雾气驱散。从木屋走出来，离开了乔尔的呻吟声和喘息声，孩子们的精神稍微好了一些。家里有一只母鸡下了蛋，苏珊看管着。

贝基说："我猜测一颗蛋有着同草药一样的作用，吃了蛋，或许爸爸的身体会有所好转。"

"我的头被砍伤的时候，吃了蛋以后，我感到好多了。"雅各布回忆道，也插了一句话。

随后，他们更有精神了。玛格丽特拿着篮子走在最前面，芭迪跟在她的旁边。他们穿过一片挨着岸边的云杉树林，这儿要比顺着海滩稍微好走些。"南瓜"在前面蹦蹦跳跳着，一直用鼻子闻着地面，忽然尾巴竖立起来。他们注意到小狗不再往前走，来回地闻着，抬起头，尾巴猛地僵硬了起来，轻声地叫着，哆嗦了一下。玛格丽特马上将手指放在嘴边示意孩子们安静下来，并紧紧抓住两个岁数比较小的孩子的手。

"嘘，"她小声说道，"可能有危险。"

换作一年前，他们也许会逃走或者大呼小叫，可是现在他们长大了许多。他们安静地靠在一起，已经能够看到小湾了。他们听见卵石作响的声音，小狗也看向那个方向。玛格丽特感到自己的嗓子非常紧。孩子们温暖的身体靠着她，她仍然觉得寒冷。

"印第安人。"她听到雅各布小声说道，知道大家都害怕极了。

"在这里待着，要把'南瓜'照看好，我过去瞧瞧。"她低声说道。

孩子们惊恐地看着她，不过玛格丽特仍然拿开他们颤抖的手走了过去。她跪在地上，爬向小湾上的断崖。她知道丛生的树林可以很好地为她掩护，她从云杉树间的缝隙爬过。向前爬时，尖锐的树枝和树根划过她的头发和脸庞，割破了她裸露在外面的胳膊和脚。

"镇静，镇静，镇静。"仿佛有什么东西在她心中呐喊，也许仅仅是她的心脏在加速地跳动着。

这时，一声喊叫从树林里传出——维持了很长时间，好像是鸟在叫，但是这声音来自人类。听到这声音，她不由得战栗了一下，可是依然向前爬着。这喊声响了两次，并且还有从下面的小湾传来的回应。她现在爬得很近了，能够从断崖边看见下面的情形。她匍匐在那里，仿佛看见有很多走动的身影出现在小湾那儿。有几条独木舟停靠在了岸边，还有几条正向这边划来。她看见滴水的船桨在闪烁着光芒，看见明亮的地毯颜色，然后立刻跑回孩子们的身旁。

孩子们仍然停在原地，"南瓜"在他们的中间，孩子们都害怕极了，"南瓜"尽管没有发出叫声，可是眼睛不停地在转动着，显得十分不安。它好像闻到了敌人的气味，发出不信任的叫声。

"慢慢走，"玛格丽特告诫着，"不要踩到任何一根树枝。"

他们一句话也没有说，跟着玛格丽特光着脚走在青苔上，尽可能地躲开树根和掉下的树枝。苏珊被绊倒了，珍贵的鸡蛋也摔破了，但是大家仍然赶着路。他们身后又传来那个奇怪的声音，仿佛他们再也看不见木屋了。不过最后，木屋还是出现在他们眼前，还有那门阶，那袅袅升起的炊烟。玛格丽特一下子有了安全感，但也仅仅是一瞬间。

多莉在门口看见他们，用手指告诉他们不要说话。

"乔尔刚刚睡着，"她说，"千万别把他吵醒。"

但是看见大家苍白的脸色时，多莉猜到了他们看见了什么。

"印第安人来了，就在小湾那里，"他们喘着粗气说，"他们还没有发现我们。"

多莉一句话没说，马上将他们拽到屋里，插上门，拉上窗板。他们靠拢在一起，恐惧地低声商量着。

"我们需要拿上滑膛枪吗？"苏珊问。

"有什么用呢？"多莉反问道，"只有一两发子弹了。我也射不准。麦琪，你估计他们有多少人？"

"我不清楚。不过我们去挖蛤蜊的那个小湾有很多印第安人。他们在那里生火。树林里或许人数更多，他们回应了小湾的人的呼喊。"

说完后，她脑海中忽然出现一个奇怪想法。这想法似乎并不是出自她自己，而是一个陌生人告诉她的。

"也许他们来这里并不是打算攻击我们，"她说，"也许我给他们送些食物，他们就不会割我们的头皮或者把我们的房子烧掉了。"

多莉反对她的想法，孩子们都拉着她流下了眼泪，但是她仍然一遍又一遍地思考那个想法。事情已经发生了，她反而更加坚信自己的想法了。她将孩子们推到一边，来到碗柜那里，取出了剩下的一袋晒干的玉米。当她打算取出那一小桶糖时，多莉的手放在了她的肩膀上。

"你是疯了吗？"她听见多莉这么说道。

她摇晃着，摆脱了多莉。她感受到有一种奇特的力量控制着她，当多莉又一次将她的肩膀抓住时，她开始剧烈地摇晃。

"把这些东西放下！"多莉命令道，"你难道没有听见我说的话吗？"

玛格丽特再一次摆脱多莉，站在她的面前，脚边放着他们剩下的粮食，露出坚定的微笑。

"我要去那里。"她的语气十分坚定，"假如他们过来杀我们，这些东西同样会被抢走。"她干脆地说着，孩子们都被吓坏了。

孩子们呆呆地望着她，甚至连多莉也站在那里，不再去阻止她的行为。隔壁的房间响起乔尔的呻吟声，她立刻回到乔尔身边。

玛格丽特拿起玉米，跑去打开门闩，将手放到上面，对孩子们说："孩子们，不管发生什么事情，照我说的做。"

"好的，麦琪。"孩子们小声地回应道。

她叫孩子们将"南瓜"牢牢拴在屋里，帮她将食物放在门阶上。大家都沉默地听着她的指挥，眼中充满了恐惧和好奇。

耀眼的阳光终于将雾气驱散。雾气消失后，海天之间从来不曾这么宽阔过。星期天岛上最高的树高耸入云。如果在一个小时以前，他们应当为这个时刻而庆祝，但是现在完全没有时间去思考这些事情。这时，树丛中出现了一个黑影，在不停地穿梭。

这个黑影忽然出现在他们面前。所有的树都在摇晃着，还出现一些精瘦而矫健的身影。屋里响起"南瓜"长长的嚎叫声，孩子们恐惧地缩成一团。

"来吧，"玛格丽特对自己说道，"终究需要有人勇敢。"

随后，玛格丽特只记得自己将玉米粒递到他们棕色的手里。她没有勇气再去看他们的脸，只能低着头注视着玉米粒，将面前的手都倒满玉米粒。袋子里面已经没有玉米了，可是他们仍然没有将手放下。一双双手在拽她的衣服，恐怖极了。

她奋力地摆脱出来，去取出装着糖的木桶以及勺子。她用勺取出黏稠金黄的糖，做了个手势叫他们过来。他们蜂拥而至。她站在那里，瞧着他们相互拥挤着想品尝一下糖的味道，她心里很明白，这些糖是无法满足他们的。这一切看起来是如此虚幻，但是她清楚这不是假的。这里有八到十个又高又壮的印第安人，毋庸置疑，树林和海湾那里还有更多的印第安人。她在门框那儿尽力地站稳，考虑着下一步该怎么办。

"麦琪，糖吃完了，我们要做些什么啊？"双胞胎姐妹挪了过来，小声问道。

她望向海峡那边的星期天岛，此时雾气已经消失了，又能够清楚地看见乔丹家的屋子和绿色的田地了。她想起海普莎姨妈在她的厨房和织棚里操劳的身影。或许乔丹需要看见木屋着火才会晓得这里发生了什么吧，但是到那时候做什么都已经来不及了。她环视着海滩和岸边，打算找一些东西用来求救。当她看见那根最初乔尔和艾拉用来绑着重物的圆木时，她眼前一亮。她的脑海里浮现出孩子们和妈妈开玩笑，说想做一根五月柱的场景。

"五月柱。"她高声喊道，接着她来到屋里，去拿多莉的松木箱子。

印第安人依然围绕着那一小桶糖，还在舔着、刮着。可是当玛格丽特经过他们时，她听见了恐怖的耳语声。她不明白那是什么意思，也许是他们内部有了冲突。她看见有人的皮带里放着狩猎时用的小刀和斧头，要是他们取出这些武器，这里就会血流成河——她的身体战栗着，迅速地向前走着。

多莉和孩子们在门口站着，打算只要印第安人向他们冲过来就立刻将门锁上。玛格丽特沉默地从他们中间挤进来到房间里，将箱子打开。里面是多莉仅有的一张白色的亚麻布床单，还有阿比送给她的一块红布。她拿起它们，用小刀将它们割成布条。多莉发出绝望的叫声，想要过去，却又不敢从门口离开。亚麻布床单有着很细密的针脚，玛格丽特好不容易才将它们撕成长条。她就像疯子似的撕扯着，布条在她手中发出刺啦的响声。然后，她片刻不停地拿起斧头和一些钉子跑向外面。

"过来！"她向孩子们喊道，"我们有五月柱啦。"

她走出门口，挥舞着撕好的布条叫着他们。多莉发出尖锐的叫声，喊她回来。孩子们则藏在妈妈的身后，惶恐地看着她。

"快呀！"她几乎使出了全部力气向他们喊着，就如同她撕布条时那么用力，命令着孩子们，"你们必须过来！"

她现在只想着时间在一分一秒地流逝以及门口那帮印第安人，其他的什么都想不到了，尽管她发现自己在冷静而快速地做着五月柱。那根圆木是从旁边的树林里砍下来的，非常粗壮结实。她还能踩在那些被砍掉的分杈上。她嘴里咬着钉子，肩上放着布条，一步一步地向上爬去。圆木并没有太高，只是没有梯子显得高。最后她的手指能够摸到顶部，她裸露在外面的双脚稳稳地踩在分杈处，呼喊着苏珊也爬到柱子上来。她们终于将布条钉到了柱子上，在春风中，亚麻布条随风舞动，有的很细，有的很旧，有的还比较结实，还有一根两条红布条拼接成的长布条，瞧起来好像是一条很细的红线。玛格丽特在下面站着，内心充满了奇异和吃惊——先前从未见过这个模样的五月柱，不管是在新大陆还是在旧大陆。

这是她最后还算比较清醒的想法了。随后她的脑海里不停地涌现出自己像印第安人和孩子们一样在走着的画面。她记得在竖直的头发下有一双双的黑亮眼睛在注视着自己，还有围绕着她的锋利刀刃和斧头。她听见芭迪被印第安人的手指摸到后的哭泣声，还听见自己告诉芭迪安静下来。

"跳舞啊！"她向印第安人大喊道，"像这样！"

她拿起一根布条，开始给他们做示范。布条先是朝上，随后从下面穿过旁边的布条。一个印第安人嘟囔着，也随着跳起舞来。现在印第安人都拿着布条，孩子们在他们中间上蹿下跳。这么多人都抓着布条跳舞是非常困难的，玛格丽特需要一次又一次地将缠在一起的布条解开，然后再一次给他们做示范。雅各布、芭迪以及印第安人都十分笨拙。

那些印第安人紧紧地抓着布条的底端，绕着柱子跳舞，看上去就如同一群大孩子，好奇而愉快地玩着新游戏。有个人感到累了，就会有另一个人顶替他的位置，因为布条的数量远没有印第安人数目多。玛格丽特感觉到这些钉子还能够禁受得住，真是一件不容易的事。她现在不再考虑将布条缠在圆木上了。现在最重要的事情是，叫他们不停地围绕着柱子跳舞。

　　"我们要一直跳下去，"她穿过孩子们，对他们说，"快点！"

　　她现在气喘吁吁，都感受不到自己的双脚在跳舞。她的

头发披散在肩上，棉布衣服下的奶奶的戒指在碰触着她的胸口。汗水滑过她的额头，流进了她的眼睛里。她已经没办法辨别印第安人和孩子们了。海面上的阳光和布条令她有些眩晕。

"我们一定要接着跳，不可以停下来。"她不停地对自己说，尽管她现在已经不太知道为何这么做了。

后来她耳旁响起布条撕裂和木头断裂的声音，她清楚五月柱已经倒下了。她听见孩子们的喊叫声，她的脑子一直在嗡嗡作响。她擦去眼睛里的汗水，打算走向孩子们那边，可是她的步伐被印第安人阻碍了。此时印第安人正围着五月柱互相扭打，刀斧相向，到处都是喊叫声，仅仅是为了抢到一块布。玛格丽特清楚不可以再耽搁了，她招呼着孩子们跟她走。

她发现自己正在和孩子们跑向木屋，可是一个棕色的身影忽然挡在了前面。他们已经没时间去转身或者躲起来了，她甚至无法大声地告诉孩子们有危险。孩子们蹲在玛格丽特的裙边，她甚至都可以感受到他们吐出的热气。她清楚每个人都很绝望地等着斧头砍下来，但是过了那么长时间，什么也没有发生，她觉得很诧异。

"圣诞节！"她非常清楚地听到上面传来的声音，面前出现一张瘦削的古铜色的脸，有一道弯曲的伤疤在脸上。

她的身体慢慢地不再感到冷了，呼吸也没有之前那样痛苦。

"别怕，"她对孩子们说，"他是个朋友。"

她看见他指着皮尔斯叔叔的镀金纽扣，他自豪地将纽扣别在皮革衣服的穗子里。他笑了笑，指了指他们的房子，让她明白他们要离开了，然后走向同伴。玛格丽特还没有缓过劲来，一句话也没有说出来，甚至连一句简单的"谢谢"也没有。

后来他们返回木屋，双胞胎姐妹对多莉说了这件事，还坚持说玛格丽特和那个怪异的印第安人交谈时用的是法语，但是她只记得他问候了一句，别的都记不清了。孩子们还说，那个脸上有疤的人带着那些印第安人离开了。

"他们都拿着一小块被单，肯定将它撕成了小片。"苏珊说。

玛格丽特在角落里魂不守舍地听着。"南瓜"待在她身边，舔着她的脸，她清楚多莉正在两个屋子里来回走动，一会儿要去乔尔的屋子，当他知道印第安人要来时，就扯下绷带打算拿起滑膛枪，结果伤势更严重了；一会儿还要看看孩子们是否安全。玛格丽特听到多莉冲她讲话，她实在是太累了，这些话仿佛是掉落的雨点，她一句话也没有听明白。她一点感觉都没有。

当她从双胞胎姐妹口中得知乔丹家的小渔船从星期天岛过来的时候，她没有起身。当赛斯和伊桑来到门口的时候，她依然纹丝不动。他们之所以过来是因为看见柱子上飘动着白色的东西，尽管不晓得那是什么东西；但是他们猜测是有

197

奇怪的事情发生了。他们进屋后看见乔尔的伤腿，听着多莉和孩子们的描述，一脸沉重。

"你是说，玛格丽特把吃的给了印第安人，然后他们还绕着五月柱跳舞？"这时传来了赛斯的声音。

"是的，她就是这样做的，"多莉回答，"她救了我们所有人。"

"天，这真是个奇迹。"赛斯说，"我猜测没有多少女孩可以像她一样那么勇敢。"

玛格丽特终于如释重负，开始回答他们的问题。

"我并不认为自己有多么勇敢。"她在角落说道。

之后的几天，她一句话也没说。乔尔的腿逐渐恢复了，大家心里的石头终于落了地。海普莎姨妈和乔丹家的一个男人每天会给他们带来一些食物以及可以消减疼痛的草药。玛格丽特终于向他们坦白自己在圣诞节前夕遇见印第安人的事情了。说完后她心里非常担忧，但是所有人都没有责怪她，反倒是称赞她的行为，为她感到骄傲，似乎是在讲另一个陌生的女孩呢。

"你是怎样想到五月柱的？"海普莎姨妈多次问她。

玛格丽特没有回应，因为她也不清楚。

"我也只是猛地想起来了。"她只好这么回答了。

她没有告诉他们，她失去了那块红布是多么伤心。她时常不由自主地想起那块布的光滑和细密，她之前还想好了怎么去裁剪、缝制它。海普莎姨妈似乎明白了她的想法，有一天带来做了一半的拼缝的被子，将全部的布片放到玛格丽特的膝盖上。

"给你了，"她注视着玛格丽特困惑的脸说，"我觉得它应该属于你。"

"但是，这不是'迷人山脉'吗？"玛格丽特用食指触摸着这蓝色和浅黄色的拼接图案，崇拜极了。

"现在它属于你了，你继续缝下去吧，并且留给你用。"海普莎姨妈一定要送给她，"一开始你就非常喜爱这图案，我觉得送给你这个是最合适的。现在，你什么也不要讲了，就把它留下吧。"玛格丽特大喜过望，不停地感谢着海普莎姨妈，海普莎姨妈继续说："等你将这些布拼好了，我再来帮你做成被子。这样你嫁人的时候就有一件嫁妆了。"

多莉和孩子们来到门阶，瞧见蓝色布块和黄色布块细密地缝在一块儿，充满了赞赏。玛格丽特打算缝上第一针，她激动得手抖个不停。

"也许我应当为这块布写一首歌谣。"她俯身注视着这块布说，"类似《月桂精灵》那样的歌曲。"

"也许会的，孩子。"海普莎姨妈点头道，"也许有一天你同样会被写入歌中。我忍不住想象着我们都去世后，人们途经这里，看见这根柱子，会对它为什么叫作'五月柱'而好奇。是的，赛斯能够在航海图上记录这个名字，以后没准人们都这样称呼它了。"

她们在太阳底下坐了很久，一面干着活一面聊着天。孩子们围在她们身边，在海普莎姨妈的指挥下做出了一个小花园，并把从星期天岛带来的嫩枝插在里面。多莉有时候走出乔尔的房间，在门阶上坐上一会儿。

"乔尔又要为他的庄稼而操心了，"她说，"他担心艾拉无法及时回来照顾庄稼，不过我对他说只要我看见孩子们都平安无事……"

她忽然停下来，视线穿越忙碌的孩子们向空地上黛比的小小坟墓望去。玛格丽特和海普莎姨妈也看向那里，清楚她心里是怎么想的。

"斯人已逝，节哀顺变。"海普莎姨妈对多莉说道。她的说话声和手中毛线针的声音很融洽地交织在一起，在玛格丽特的脑海里留下了很深的印记。玛格丽特听到自己心里一直在重复着这句话：斯人已逝，节哀顺变。

"唉，我觉得也只能这样了。"多莉发出叹息，迈着沉重的步子回到了屋里。

快到六月时，人们看到了"幸运星号"。它的路线是沿着外边的岛屿中间的路航行，船帆很方正，在阳光的照耀下发出亮光。当时玛格丽特还在玉米地里忙碌，雅各布跑过来通知她这个喜讯。她立刻放下锄头跑到岸上的人群当中。所有人都站在海角，热切地观望着，还有一个人时不时跑回去告诉还在家养病的乔尔船航行的位置。

"它离开多长时间了，麦琪？"孩子们一直在问着。

"到了今天，它已经离开了一个月零八天了。"她数着门边柱子上的刻痕，对孩子们说。

现在它正前行着，为了躲开暗礁，向星期天岛朝海的一面驶去。他们能够看见顶上的桅杆如同一朵方形的云，穿过最高的树木，仿佛一直不会停靠在东海岸似的。

"看到它，我立马就放心了。"多莉说，"似乎我无法再多等一天了。"

没有人考虑到吃饭，虽然当船帆放下，他们划着小船回来的时候，已经都要下午了。

"他们回来啦！"雅各布高呼道，"我看见艾拉叔叔和迦勒走在人群的最前面。"

玛格丽特看见他们抵达岸上时，忽然有一种怪异的害羞。她发现自己穿着旧裙子，光着脚丫，后退着离开了人群。现如今已经和以前不一样了，他们去了那么多、那么远的海港，像朴茨茅斯、塞勒姆还有波士顿。而且，她还发现迦勒长高了几英寸，他和别的男人一样穿着男士外套，将裤子塞到靴子里。他的一举一动也像个男人一样，毫不费力地将一袋很沉的东西扛在肩上。

"嘿，麦琪。"迦勒瞧见玛格丽特，打了一声招呼，他的声音变得低沉了，但是头发和雀斑还是和以前一样。

那天晚上，大家聊天到很晚才结束。雅各布和芭迪睡着时怀里还抱着一个木陀螺和提线玩偶——那是一个船员为他们做的。他们给所有人都带了礼物：多莉得到了针线和布料；双胞胎姐妹各得到了一只瓷杯子；玛格丽特得到了一个上面画着一只小鸟的盒子。

"我原本想送你一些纱线或者印花布的,"艾拉向玛格丽特解释道,"但是迦勒坚持说你会更偏爱这个。"

迦勒的脸瞬间红了起来。

"它看起来像一只外国的鹦鹉。"他就说了这么一句话,但是他急切地向她展示盒子盖上的玻璃珠,看成是小鸟的眼睛。

"很好看,"她对迦勒说,"我一定会非常小心地将它收好,否则外边的小鸟儿会妒忌它长着这么美丽的羽毛。"

整整一个晚上,她都不舍得将它收起来,或者是摆在储备丰富的架子上抑或是碗柜上。这次旅行非常愉快,艾拉等到秋天庄稼成熟后,还会跟着船长开始一次新的旅程。也就是说他能够自己攒钱了,在自己的土地上为阿比搭建房子。他送给阿比一个珊瑚别针,多莉认为这有些昂贵。玛格丽特和孩子们睡下后,还是可以听见从乔尔的房间传来的说话声。通过开着的房门,她根据自己听到的不完整的话语推断,多莉正夸张地讲着孩子们告诉她的印第安人袭击的事情。她听见迦勒和艾拉向顶上的阁楼爬去,听见他们踩着木板时发出的嘎吱嘎吱的声音,她渐渐地安然入睡了。

船员们需要休息,还需要储存淡水,"幸运星号"想多在这待一天。太阳升起,孩子们也起床了,他们急切地想去瞧瞧船是否还停在那里。玛格丽特同他们一起溜了出去。海面上风平浪静,微微泛起一丝涟漪,海面上的船如同黑色的幽灵。船帆已经被收起，所有的线和桅杆瞧起来都很黑。这非常怪异，这船此时还可以悠然自得地停靠在这里，但是到了第二天早上，就找不到它之前停泊的痕迹了。

他们又有丰盛的食物作为早餐了，还有迦勒一大早就去捕的新鲜的鱼。没用多长时间，海湾里停满了船只。除了星期天岛的船，还有东边和西南边邻居们的船。因为"幸运星号"依然停靠在这里，所以人们都想过来瞧瞧。蒂莫西带着阿比乘着单桅帆船过来了。斯坦利一家坐着他们的小渔船。赛斯和伊桑很早就登上了"幸运星号"，正与船长和大副讲价，交易着新鲜的食物，以及船从波士顿带来的商品。艾拉和迦勒答应带孩子们到船上去，玛格丽特原本也想一起去，可是被乔尔叫住了。

"我有几句话想和你说，麦琪。"乔尔一脸严肃地说道。当她走过去时，她心里非常紧张。

乔尔平日里沉默寡言，更是很少同她讲话。而且自打他的腿受伤了，她就一直在忙着照看孩子们，忙着做不同的家务事，就更少同他讲话了。乔尔在印有"日出"图案的床单上躺着，他的模样逐渐恢复如初，尽管他的脸还是那么瘦，眼窝依然有些深陷。瞧着他在被子上舒展着宽大的关节突出的手，手里没有拿着斧头和犁，她有些诧异。

"你今年几岁了，麦琪？"他问道。

"十三岁，"她回答，"到了十一月我就十四岁了。"

"没错，"他说，"你十二岁的时候，我将你带到这个家中，根据在马布尔黑德时大家达成的协定，你还需要在我们家工作六年，对吧？"

她困惑地点了点头，等着他接下来要说的话。

"你是个好女孩，麦琪，"他说，"你非常有胆量。尽管我不曾说过什么，但是我清楚你比普通的女孩都有胆量。"听了乔尔的话，玛格丽特高兴极了，脸也瞬间红了起来。他停顿了一下接着说道："我已经同艾拉、多莉商议过了，我们打算为你做些事情，如今有这么一个机会，可以让你重回亲人身边，这样才是公平的。"

"但是我已经没有亲人了，"玛格丽特说，"他们都去世了。"

"我知道，"他解释说，"我的意思是法国人。你瞧，'幸运星号'准备驶向圣劳伦斯和魁北克。尽管我们国家的人正与法国人还有印第安人在那条路线上打仗，但是这艘船是运送物资的，能够在这条路线上航行，船长也同意将你带上。"

"去魁北克吗？"

"是的。现在它已经被法国人占领了。有个修道院在那里，他们会帮助你找到的。我觉得假如你要回法国，他们同样会送你去的。不管怎么样，你都可以和自己民族的人在一起。"

"你的意思是，我可以不被你们家签下的契约所约束了，是吗？"

"没错，你自由了。我会叫大副写下来，确保无误。等到大海涨潮的时候，船就会离开了，你还有一个小时的准备时间。"

"哦，你真是个好人，心肠太好了！"玛格丽特兴奋极了，拉住乔尔的手，亲了一下，她都快忘记这个法国式的动作了，"我会永远记住你的——不过，我仍然想再考虑一下。"

"嗯，"乔尔说，"但是不要考虑太长时间，机会错过了，或许就再也没有了。"

从乔尔的房间出来后，她的头如同蜂巢似的嗡嗡作响。幸福来得太快了，她必须在乱石滩的棕色海藻和浮木被海水淹没之前做出选择。现在潮水已经涨到一半，淹没了老马礁最外面的岩石。当她跨过门槛时，"南瓜"跑到她身边，用身体倚靠着她，将舌头放在她的手上，用鼻子蹭着她的手指。它的身上还挂着一些小树枝和芒刺，她俯身将它们挑走。

"哦，可怜的孩子，"她说，"早餐吃得愉快吗？"

它随着玛格丽特来到海角，一起坐在地上。荼蘼长出了像星星一样的白色花瓣，到七月末就可以长出红色浆果了。孩子们会来摘果子，就如她教给他们的那样，做成花环与花链，戴在身上，可是这种场面她或许再也瞅不到了。他们收获庄稼，摘取嫁接树上的第一茬苹果时，或许她也已经不在这个地方了，她感到一种莫名的悲伤。在她身边，是印第安人来时倒下的五月柱，如今已经被树叶和花朵半掩盖。她仿佛还可以看见飞舞的布条，仿佛还能够听见她逼迫自己和孩子们跳舞时，飞快的心跳声。

她触碰到自己衣服下奶奶的金戒指，取了出来，紧紧地握在两手之间，仿佛这样就能够替她做出决定一样。奶奶肯定是希望她可以回到法国，同法国人民居住在一起，对此她十分坚信。奶奶如果知道别人叫她的孙女"麦琪"，肯定会非常伤心。如果奶奶得知自己已经有一年的时间没有去过教堂了，或许会更加伤心。并且，这么长时间了，她都不曾摸过念珠。

"一个人要忙碌很多事情时，就会忘记很多事情。"她发现自己在这般回答着奶奶。

不过，假如她要回到修道院，所有事情都会回到以前——她的祷词、她的念珠以及她的针线活。乔丹家的人曾经讲过在魁北克有一个修道院。她记起来好像勒阿弗尔的修女们也说过那个修道院。最虔诚的院长和修女们会被送到那里，帮助新法兰西树立天主教的信仰。她们会携带尊贵的圣物和铃铛远渡重洋。听说那里十分神圣，秩序井然，好像墙上的石砖不是刚从坚硬的岩石上砍下来的，也并非从荒野边缘的野生树林阴影下采集而来的。同修女们重新在一起是一件很好的事情，聆听着教堂的钟声，心平气和地迈着步子，是的，她喜欢这样，但是——

孩子们冲着下面的小湾呼喊着，将她的思绪打断。她叹息着，转过身，不想让他们撞击着自己的心门。

星期天岛上，一缕炊烟从乔丹家袅袅升起，她晓得海普莎姨妈正在烧火做饭。她双目紧闭，回忆着温暖的厨房，回忆着老奶奶弯着身子在锅碗瓢盆、织机或者是被架旁的样子，甚至连勒阿弗尔的修女们都不如老奶奶聪慧与亲切。还没有做好拼缝的被子，还没有纺织夏天的羊毛，她如何能够离开呢？假如她现在离开了，就永远看不见草坡上粉红的月桂树花朵了，再也无法聆听《月桂精灵》这首歌谣了。

水域那边，孩子们在向她打着招呼。他们尖尖的声音透过空气清楚地传进她的耳朵。艾拉和迦勒正在划船将他们送向岸边。"南瓜"蹦了起来，叫着回应他们。她不禁站起身来，他们肯定饿了吧，迦勒或许已经抓到了鱼等着她去做呢。她转身穿过陡峭的路返回木屋，她赤裸的双脚感受到什么地方陡峭，哪里是树根，压根不用低着头去看脚下的路。

船员们正在将"幸运星号"的船帆升起。她看见一些男人爬到高处，一些男人在甲板上，还有几个在小湾之间划着船，船员已经拉紧船锚。她一想到自己即将坐上这艘船离开，忽然间觉得寒冷和孤独萦绕在心头，仿佛她已经死去了，而这里的一切，仍然和往常一样。

"麦琪，"孩子们正顺着崎岖的岸边跑向她这里，"迦勒说你要离开了，但是你不会这样做吧，不会吧？"

雅各布第一个跑到她的身旁。他额头上的伤疤越发苍白和弯曲了，他红着脸，上气不接下气地询问着她。

"你不会坐船走吧？"他将她的手攥住，"告诉我你不会离开！"

"不走，"她平静地说道，"我还要留下来给你们做饭吃呢。"

当"幸运星号"朝着礁石与近处的岛屿驶去时，已经是黄昏了。他们望着船缓慢地驶向东北方，最后只能看到一个小点。

"麦琪，它正驶向你朝思暮想的法国山脉。"艾拉问道，"做出这个决定，你真的不后悔吗？"

玛格丽特摇着头，浅浅地笑着。

"妈妈说你没有把握住机会，太傻了。"苏珊走近她，对她说道，"但是你没有离开，她非常高兴，我也是。"

"我也是！"贝基说，"你也很高兴吧，迦勒？"

"我吗？不好说！"他对他们说，皱着脸调皮地张着嘴笑着，玛格丽特以前非常害怕见到他这个样子，"不过，你们加起来也没有麦琪听话呢。"

"现在看不见船了。"雅各布大声喊道，带着这个消息向木屋跑去。

大家都回去后，玛格丽特还在海角散步。咸咸的海水味和新鲜的月桂叶子的香味弥漫在空气中。再过一会儿，太阳就会落到岛屿下面去了。但是，在太阳最后一点光芒的照耀下，荒漠山展现出美丽的深蓝——就如同她被子上的"迷人山脉"似的，她暗暗地想着。